NF文庫
ノンフィクション

マリアナ沖海戦

「あ」号作戦 艦隊決戦の全貌

吉田俊雄

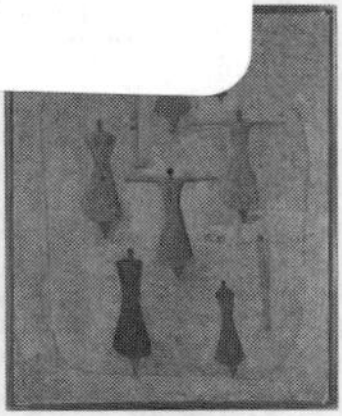

潮書房光人社

マリアナ沖海戦——目次

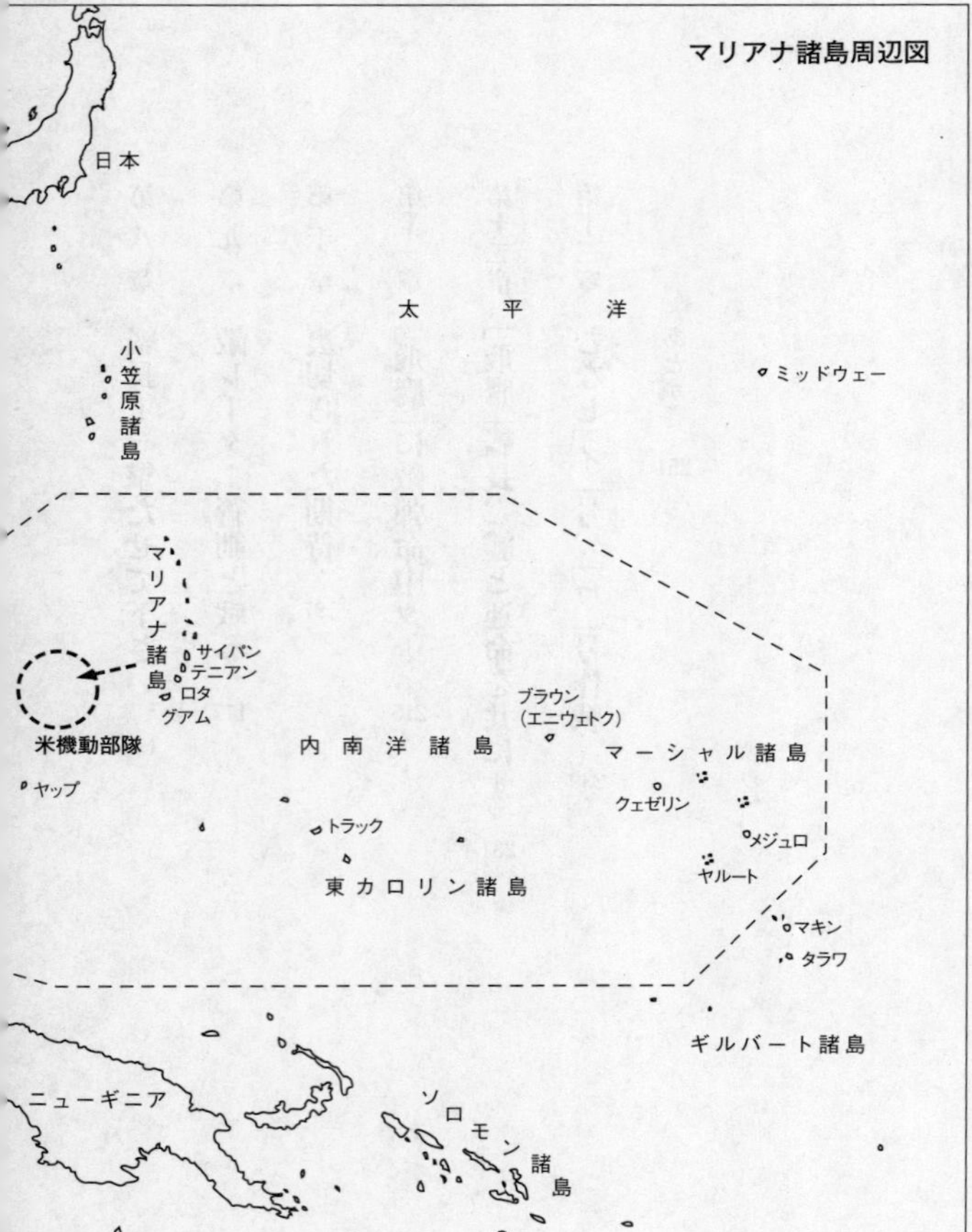
マリアナ諸島周辺図
日本
太平洋
ミッドウェー
小笠原諸島
マリアナ諸島
サイパン
テニアン
ロタ
グアム
米機動部隊
ブラウン
(エニウェトク)
内南洋諸島
マーシャル諸島
ヤップ
クェゼリン
トラック
メジュロ
ヤルート
東カロリン諸島
マキン
タラワ
ギルバート諸島
ニューギニア
ソロモン諸島

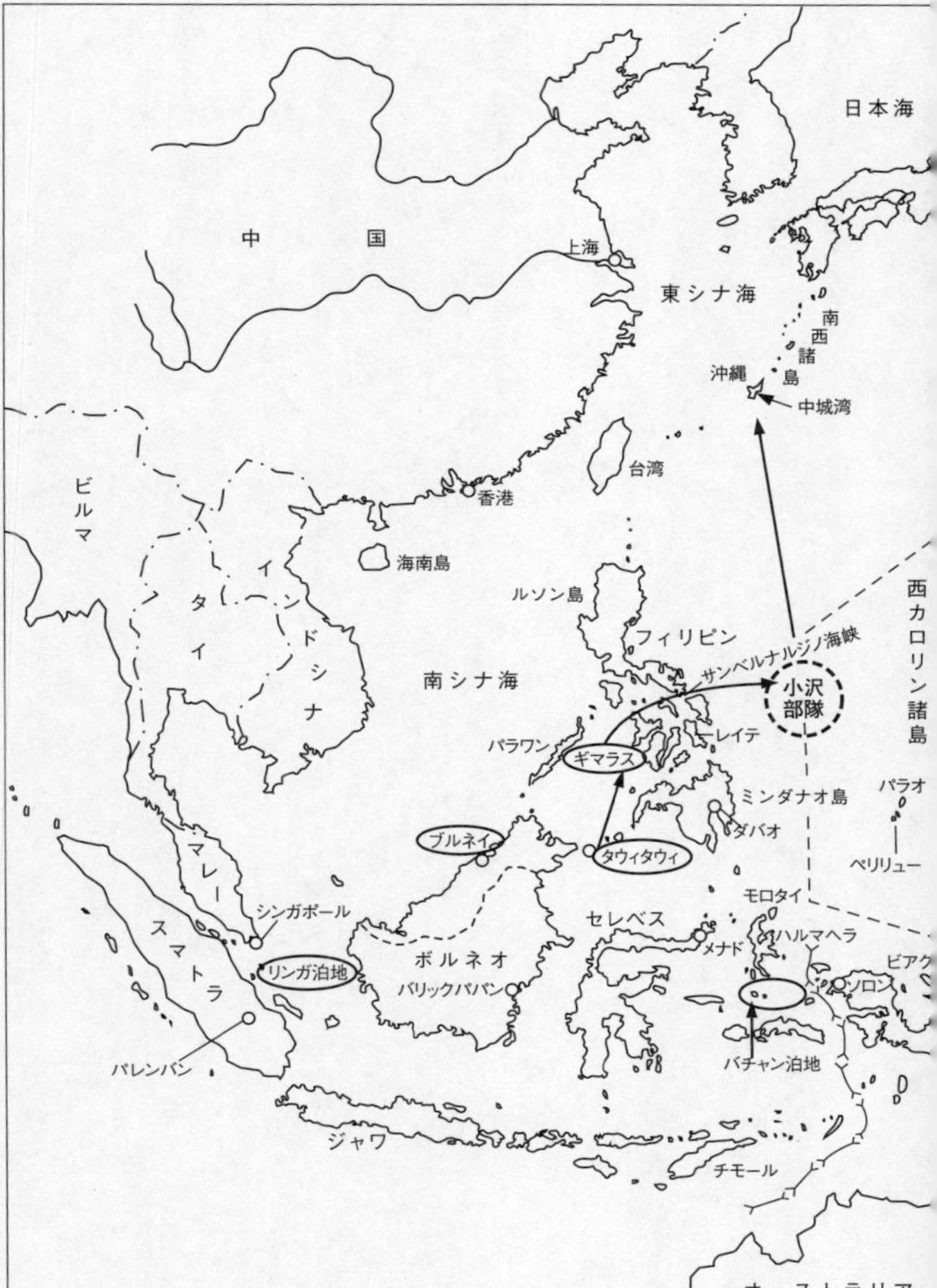
日本海
中国
上海
東シナ海
南西諸島
沖縄
中城湾
台湾
香港
ビルマ
海南島
タイ
インドシナ
ルソン島
フィリピン
南シナ海
サンベルナルジノ海峡
小沢部隊
西カロリン諸島
パラワン
ギマラス
レイテ
ミンダナオ島
パラオ
ダバオ
ブルネイ
タウィタウィ
ペリリュー
マレー
モロタイ
シンガポール
セレベス
スマトラ
ハルマヘラ
メナド
ボルネオ
ビアク
リンガ泊地
バリックパパン
ソロン
バチャン泊地
パレンバン
ジャワ
チモール
オーストラリア

マリアナ沖海戦

「あ」号作戦 艦隊決戦の全貌

第一章　敵潜、わが艦底通過に息のむ

「入港用意」

駆逐艦「野分《のわき》」の艦橋に、艦長西川栄次郎少佐の声がさわやかに響いた。

ラッパが鳴る。待ち構えていた伝令の内山一水（一等水兵）が、いつもより調子を上げて、語尾を恐ろしく長く引っぱり、とぶように艦内に号令を伝えて走る。——船乗りの生活のなかで、なによりも心を浮き立たせ、胸躍らせるときであった。

トラックの島々が、深い緑をたたえ、艦首に、あざやかに見えていた。

大きな積乱雲を背負って、水平線に浮かんだ島影は、荘重で、平和であった。これがハワイの真珠湾軍港にも匹敵する難攻不落の太平洋正面の大型根拠地であろうとは、とうてい見えないほどの美しさだったが、艦の乗員たちにとっては、そこは厳重な防備に守られ、なによりも緊張をほぐせるのが魅力であった。

昭和十九年一月三十日、第三艦隊（空母機動部隊）第十戦隊第四駆逐隊に属する駆逐艦「野分」は、僚艦、「山雲《やまぐも》」と別れ、「舞風《まいかぜ》」と組んで、船団三隻を護衛してトラックを出港した。目的地はラバウル。ラバウルで無事揚搭を終わったあと、往きと同様、「舞風」と一緒にカラ船を三隻護衛、途中ウソのように何事もなく、ここまでたどりついた。

艦橋は、底抜けに晴れやかだった。押さえに押さえても、頬がゆるみ、つい、何か軽口が出た。環礁の入り口まで、あますところ五浬である。もう、帰ったも同然であった。

「やぁ。無事、ご帰館ですな」

と、声から先に「野分」の軍医長、豊田軍医中尉が、艦橋に上がってきた。

「さて、ひとつ、大いに英気を養いますか」

と、深呼吸をした。

近ごろは、「陽炎《かげろう》」型の新鋭決戦駆逐艦だというのに、「野分」も、まるで仕出し屋と同じだった。あちこち、とび回りッぱなし。駆逐艦の編制はおろか、水雷戦隊などというもの自体が、あるのかないのか。

同じ第四駆逐隊であっても、「山雲」とは、確か一月の半ば、久しぶりにトラックで顔を合わせただけ。「満潮《みちしお》」とは、たった一日トラックに顔を揃えた、と思ったら、翌日にはもう別れて内地に向かった。

西川艦長は、筋肉質の身体を、艦橋のガラス窓の前からちょっとねじまげ、軍医中尉を振り返った。

兵学校出の古参の少佐で、同じクラスのトップの方の連中は、もう去年、一足先に中佐になっていたが、彼はビクともしなかった。

――バカにはどんなキモノを着せたってバカだよ。スジが一本ふえようとふえまいと変わらんさ。

といった。そして、

「軍医長は、軍服を着たシビリアンだ。彼の意見は、われわれ兵学校出の気のつかんところをつく。バカも言うが、ときどき、いいことも言う。海軍のしつけ教育みたいなことを軍医長にして、ワクにはめるな。はめると、彼もくだらんやつになってしまう」

といい、軍医中尉を、すこぶる珍重した。

その軍医中尉は、

「軍医長が忙しくなるのは、艦が敵にやられたときだ。艦にとって、いいときじゃない。そんなことにならんように、ぼかぁ、つとめてノンビリやりますよ。これもご奉公ですからな」

と朝から晩まで、大きな顔でブラブラしている。ただし三度三度の食事点検のときだけは、真剣になる。ひどく時間をかけて、一つ残さず食べてしまう。

肥り気味の砲術長、伊藤中尉は不平をいう。

「だいいち軍医長は、夜食を入れて一日八回メシ食っていますよ。あれで、よくあんなに痩せていられるもんだ」

と。西川艦長は、

「そういうな。彼はあれで、予防医学に熱心なんだ。艦で一番こわいのは、流行病だ。軍医長が点検メシを食うときの顔を見てみろ。キビしい顔しておるぞ」

と笑う。いまも艦橋に、主計兵が、オカモチを下げて上がってきた。

「軍医長。食事点検お願いします」

「さあ来た。よし、こっちに持ってこい」

軍医中尉は、あたりを見回すが、適当な場所がない。ツカツカと艦橋の前の方にいくと、あいている左側の駆逐隊司令用の椅子に腰かけ、くるりと後ろを向き、

「ここだ」

という。主計兵は、さすがに艦長を気にして、ちょっと躊躇《ちゅうちょ》したが、上官の命令だから、しかたがない。観念したように、オカモチの蓋をあけ、蓋の上に、直径一〇センチ、深さ六センチくらいの、セト引きの青い食器に盛ったムギ飯、トマト・シチュウ、漬物を並べて差し出すと、軍医中尉は、一つ一つこわい顔をして食べはじめた。

艦長は、それにはまるで無関心の様子で、コンパスの前に立ちつくしていた。波長の長いうねりと、五～六メートルの風に波立つ海面は、もしそこに敵潜水艦が潜んでいたとすれば、

なかなか発見しにくくする。乗員と違って、艦長は、艦の全責任を負っている。どんなに港の入り口が近くても、艦が港に入り、錨を入れ、機械と舵の配員を解かせるまでは、油断できない。

敵潜水艦の活動が、このごろ、とくに活発であった。トラックのように、十分な飛行機で哨戒しているところでも、その活動が封じられない。そして、不意に現われては、駆逐艦といわず、戦艦といわず、手当たり次第に狙ってくる。レーダーとソナー（水中探信儀）の性能の差が、常識では無謀としか見えない、彼らの冒険を成功させる。

約二ヵ月前、「大和」がトラックに入港するとき、「野分」と同じところで敵潜水艦の雷撃を受け、魚雷一本が命中した。雷撃を受けたことを、誰も知らなかった。それでいて、後艦橋の後ろの水線下の右舷に、長さ十数メートル、幅最大五メートルくらいの魚雷による大破孔があいていた。この話は、「大和」の巨大さに、いまさらのように驚いて、ハッピー・エンドになるのが普通だったが、冗談ではない。連合艦隊旗艦、超戦艦「大和」がくるというので、空と海の水も洩らさぬ警戒をしていたはずだが、それでも前進根拠地トラックの周囲から敵潜水艦を追っ払うことができなかった。撃沈することもできなかったのである。

ラバウルからトラックまで五日間の航海中、艦長は、一度も艦橋を降りず、夜昼の区別なく警戒と指揮に当たった。艦長だけでなく、水雷長も、砲術長も、航海長も。少しでも「目」の数をふやして、不眠不休で見張ることが、敵潜水艦や飛行機の不意討ちを防ぐ唯一の手段であった。

だが、目に頼っているかぎり、水中の敵が発見できるはずはない。水上艦艇どうしのいくさであれば、一八センチの超大型望遠鏡が、レーダーと対等に渡り合うこともできよう。しかし、目は、ソナーの代わりにはならない。潜水艦との戦いでは、したがって、潜水艦が水面上に何かのアトを現わしたとき――潜望鏡を出したり、魚雷を撃ったあとの気泡を残したり、魚雷の航跡を見せたりしたとき、これで初めて敵が潜んでいることがわかる。その踪跡を見て、いかに即座に対抗措置をとり、間髪をいれぬ早さで勝負するかが、たった一つの勝負手である。

「後手の先」だ。「先手」は打てない。だからこそ駆逐艦乗りたちは、洋上に出ている間、いつも最大限に緊張し、とっさの変に即応できる態勢をとり続けていなければならず、航海中は、夜も眠らず、いつどこから魚雷を撃ち込んでくるかわからぬ幻の敵に対し、絶えず身構えていなければならなくなる。

突然見張長の渡辺上曹が、

「雷跡二本ッ。左前方二〇（二〇〇〇メートル）、本艦に向かってくる」

と叫んだ。

すっと伸び上がるようにして、その魚雷の航跡に目を走らせた西川は、とっさに、

「取舵一杯、急げ。配置につけ」

と命じ、目を雷跡から離さぬまま、

「ほかに潜望鏡は見えんか。船団は大丈夫か」

と、鋭く言った。

一瞬の間に、艦橋の入港ムードは吹きとび、蒼い緊迫感がとってかわる。

「何も見えません」

と、すぐに渡辺上曹。

「船団異常なし。ついております」

と、航海長の津野少尉。そして、

「三番船のコガネ丸が、しかし少し遅れているようです」

とつけ加えた。

魚雷は、蒼白い空気の泡を曳きながら、とぶように近づいてきた。そして、アタマを急激に左に振る「野分」の艦首から艦尾にかけて——串刺し、と見えるほどの近距離に迫り、二本のうち一本が、ものすごい速さで、右舷側スレスレを駆け抜けた。舷側から二メートルくらいの近さだった。

助かった！

息もとまる緊迫感から、ホッと安堵した次の瞬間には、血が逆流するような、どうにもならぬ感情がつき上げてきた。

「雷跡に乗れ。第三戦速。爆雷戦――」

まさか、「野分」が、環礁から五浬のところで、その敵潜水艦に狙われようとは、思わなかった。

水雷長は、

「哨戒機は居眠りしとるんかね」

とわめきながら、艦橋のラッタルを駆け降り、後部にとんだ。確かに、こんなに澄んだ青い海だから、下を注意して飛びさえすれば、潜水艦が飛行機の目をくらますことは不可能に思われた。

何だかよくわからないが、艦橋には、荒れた、ザラザラした気持ちが、充満していた。どうあっても、この敵潜水艦を撃沈しなければならない。艦橋にいる士官も下士官も兵も、表情が険しくなった。人間が、鬼になったときの顔である。

「野分」のスピードは、みるみる上がる。向かい風が強くなり、艦首で切る波の飛沫が、痛いほど顔をそぎ、回転を上げたタービンの震動が足もとから伝わり、波に乗って、野分の艦首がグウッと持ち上がってきた。一人一人の目が急に燃え立ち、しまってくる。

「野分」―基準排水量二〇〇〇トン、水線長一一六メートル、五万二〇〇〇馬力、速力三五ノット。備砲一二・七センチ二連装砲六門、九三式六一センチ酸素魚雷四連装の発射管二基。パリパリの新鋭である。

――夜闇に乗じ、灯火を消し、高速で敵主力艦に肉薄し、酸素魚雷の全射線、八本を撃ち放す。一個駆逐隊は駆逐艦四隻で編制されているから射線は三二本。一個水雷戦隊は駆逐隊四隊だから一二八本。この恐るべき数の魚雷が、戦後アメリカの専門家に、われわれは日本に一〇年先んじられたと嘆かせた大射程、大速力、大炸薬量の威力を発揮する。酸素を燃やし、したがって雷跡を残す気泡をほとんど出さないから、敵艦隊は知らないうちに大魚雷網のなかにとらえられる。どう舵をとり、どう速力を増減して逃れようとモガいても、狙われたら最後、敵艦隊はこの死の網のなかから逃げられない。

こんな壮烈な夜間肉薄雷撃戦を想定し、激しい訓練を繰り返して、技倆に十分の自信を持つにいたり、艦隊の華とまでうたわれた水雷戦隊の決戦駆逐艦が、太平洋戦争開戦とともにやったことは、まず輸送船団の護衛。ガダルカナル攻防戦では、陸兵、食糧医薬、弾薬の輸送であった。そして、その間に、敵飛行機の群れに襲われ、あるいは潜水艦に不意を狙われ、敵必殺のウデを持ちながら、あたら憤死するもの相次いだ。

「敵の射点を見失うな。爆雷投射用意」

艦長の声は、いよいよ鋭くなり、尻上がりに大きくなる。ふだんの声とはガラリと変わる。

敵潜水艦が魚雷を撃ったところには、魚雷を発射管から撃ち出すための圧搾空気が噴出し、それが消えたあと澪《みを》（水脈）のようになって波間に残る。しかし、時間がたつにつれて、どんどん薄れていくから、目を離したが最後、どこが射点であったかわからなくなる。

「野分」は、水中聴音機（ハイドロフォーン）や探信儀（ソナーに該当する）を持ってはいたが、開幕早々で、どうも能力が、もう一つパッとしない。速力を上げると、自分の艦のスクリュー音や船体と水との摩擦音などに邪魔されて、ほとんど聞こえなくなる。だからといって、潜水艦の潜んでいるところで、艦をストップさせて耳を澄ませたり、極端にスピードを落としてウロウロしたりはできない。

「飛行機乗りが、命をマトにしてこの戦争を一人で背負ってるようにいうけど、とんでもない話だ。駆逐艦乗りは、まさにマナイタの上の鯉ですよ。いったん狙われたら、狙ッたヤツがよほどの下手クソでもない限り、こちらがよほど運がよくない限り、一発であの世行きだ」

僚艦「海風」がやられたと聞いたとき、軍医中尉が、水雷長兼先任将校山本大尉をつかまえて、憤慨した。

こんなことでは、士気が落ちるはずなのだが、それにもかかわらず、駆逐艦乗りの士気は高かった。駆逐艦は、乗員二百数十名の小さな世帯で、艦長と乗員が近々と結びついていた。三〇年来、速力と攻撃力にモノをいわせ、敵主力に体当たりを食わす捨て身の突撃隊員であることを乗員がみな誇りとし、いつも戦いの第一線に働いて、それを身にしみて感じている。

われわれが踏んばらねば、誰がこの戦争を背負って立つか、という自負と責任感に満ち満ちていた。

「間もなく射点に来ます。あと三〇〇」

渡辺上曹（上等兵曹）の声に間髪をいれず、

「投射はじめ」

と艦長が号令する。

爆雷が、投射機から右と左とに撃ち出された。ボン！　と何かが破れたような音がして、小さなドラム缶のような爆雷が、空中に勢いよくほうり出され、そこからノロノロと抛物線を描き、ボチャンと水煙を上げて海に落ちた。その様子は、ユーモラスとしかいえない光景だが、それが水中に入り、調定深度で爆発し、ズーンと船体を震動させ、爆圧を水面から空に向かって奔騰させるときは、まるで海を裏返しにするほどのすさまじさを見せた。

西川は、渡辺上曹の目とカンと経験に最大の信頼を寄せていた。西川は、「野分」に転勤してくるとき、前の艦から、なんとかかんとかいってかれを引っぱってきた。暗い水平線に、ちょっとふくらんだ黒い影を、艦と見破り、だいたいの距離と、その艦がどちらに向いて進んでいるかまでを正しく判定する技倆は、そう、誰にでも身につけられるものではないからだ。

「野分」が、渡辺上曹のニランだ「射点」に向かって、爆雷を投射している間、驚いたことに軍医中尉は、まったくのラチ外にあって、点検メシをタンネンに食べつづけていた。

「艦橋の連中は、アメリカ潜水艦を沈めるために必死になっている。ぼくは、食事点検に全神経を集中している。どちらも、責任を果たそうとする意欲と努力に差異はない」と全身で語っていた。艦長の「投射はじめ」の号令と、「ふむ、このトマト・シチュウはよくできている」という軍医中尉の独り言が、何の違和感も与えず併存できた。そこに、「野分」の気風があった。

「そりゃあ、今の時点では妙かもしれんよ。しかし、あと三〇分たってみろ。みんなイクサを終わってハラを減らして、ぼくの点検した昼めしを食うだろう。食わなきゃ、イクサはできんだろ。三〇分の違いだけさ。イクサが終わって食事点検をしたんでは、みんなハラを減らして一時間待たねばならぬ。その間に、もし次の敵が来たらどうなる。メシを食い終わるまで敵が来襲するのを待ってくれると考えていいほど、この戦争は甘くないぞ」

ハラハラして、オカモチを上げたり下げたり、少しでも早く艦橋を退散しようと願っている主計兵に、軍医中尉は、口をモグモグさせながら、なかば独り言みたいにして、言ってきかせる。軍医中尉の八度メシの、いま五度目が終わった。

「うまかった。よし。よくできていた」

最後に番茶をのみほし、点検簿にハンを押すと、豊田軍医中尉は、微笑んでみせ、司令の椅子から立ち上がった。そして、艦長に声をかけた。

「本艦は大丈夫ですか」

「うむ。こんどは船団が危ない。本艦を狙って失敗したから、次は船団の、よく魚雷がアタリそうなヤツを狙う。やつら、肉食人種だ。どこどこまでも食い下がってくる」

後甲板の水雷長から、

「発射終わり。続けて撃ちますか」

と聞いてきた。

「投射待て」

艦長はそう号令をかけておいて、艦内電話で水雷長を呼び出す。

「この次は、敵はきっと船団を狙う。少し先回りをしてみる。こんどは、投射はじめで、一度に六発ほうり込んでみよう。爆雷はまだあるだろう」

水雷長の声が返ってきた。

「一八発あります。なくなったらトラックで受けます」

「ようし。一八発全部、続けざまにほうり込もう」

「承知しました」

水雷屋というのは、士官名簿にのった名前の順序が上であろうと下であろうと、妙に艦の生活、艦のいくさに確信をもっていて、しかも冒険好きである。西川も水雷屋だが、水雷長とは年齢も性格も違っていても、発想のしかたは奇妙に似ていた。

「野分」は、急に速力を六ノットに落とした。そして、少し遅れている三番船から二〇〇〇メートルを半径とした半円の円周上で、彼が潜水艦の艦長として、もっとも魚雷を撃つのに都合のいい、命中率の大きな最良の射点と考える仮定の射点に向かって、猫のように足音を忍ばせて近づいた。

しかし、六ノットしか出していないといっても、船団と反航体勢でスレ違いながら近づいていくのだから、体勢の変化はけっこう速い。

西川は真剣な目の色で、コンパスを抱え込み、三番船の方位を凝視する。

——敵潜の艦長は、第一撃をミスした以上、第二撃は必中射法で、慎重にくるだろう。そして、恐らく、もっとも雷撃しやすい孤立した三番船を狙うだろう。

艦長にとって、この判定はなるほど一つのカケではあったが、同時に、それは、定石を踏んだまでともいうことができた。魚雷を命中させることを目的とする限り、どう狙うかは、西川も名前はわからないがアメリカの潜水艦長も、同じはずであった。

速力を落としたので、探信儀が使えるようになった。しかし、彼は、わざと使わない。探信儀は、音波をレーダーのように出して、その反射音を聞きとって判断するものである。ところが音波を発振すると、これが潜水艦の船体に当たって、カーンと鳴る。——その音は、当然、潜水艦で聞こえる。かれは潜水艦長に駆逐艦が近いところに攻撃に来ていることを、知らせたくなかった。不意を討ちたかった。不意を討たねば成功しないことを知っていた。

だが、考えてみると、これは、カケ以上のものであった。西川艦長の書いている筋書どおりに、敵潜水艦長が考えていたとすれば、完全にこちらが主導権を握れる。もしそうでなく、ミッドウェーでヨークタウンを撃沈した伊一六八潜の田辺艦長のように、目標の真下を潜り抜けて反対側に出られでもしたら、西川少佐はまったくのピエロでしかなくなる。またもし第二の敵潜水艦が潜んでいて、「野分」をどこかからつけ狙っていたとしたら、敵前で速力を落とすことは、すなわち死につながる。速力を落とした艦は、まるで、眠っているアヒルと同じだからだ。

「水中聴音機。他に音源はないか」

艦長は、二隻目の潜水艦を警戒する。

水測室から、返事がきた。

「音源一、右五度。左四五度に、船団のスクリュー音。他にありません」

「当直は誰か」

「須藤一水です」

「よし。右半分をよく見張れ」

水中聴音機は、探信儀と違って、聞く一方の道具である。速力を増すと、自分の音に邪魔されて、相手のスクリュー音がつかめなくなるが、速力を落とすと威力が出る。

「三度前」

津野航海長の緊張した声があがる。西川のオモワクどおりに動いていれば、そろそろ敵潜水艦が、脚の下にくるころである。

て上がった。

突然、ごぼごぼと、艦首六〇～七〇メートルくらいの至近距離に、大きな気泡がかたまっ
「しまった。第三戦速」

同時に、

「投射はじめッ」

ボン！と待ち構えていたような爆雷投射器のツマった発射音が後部から聞こえ、低く弧を描いて爆雷が左右にとんだ。

投射器からほうり出す爆雷のほかに、艦尾のレールから転がして、ドボンドボンと次々に舷外に落とすのが四発。その六発で、六角形をつくり、できれば敵潜水艦をそのなかにとらえて六発のうちどれかで潜水艦の外殻を破壊しようとする。水中の立て続けの炸裂音と、海が裂け、空中に真っ白な水柱を噴き上げる壮観。

そのときであった。見張りが呼びおろした。

「潜水艦、艦底通過、左から右にいく」

ワッと、艦橋の人たちが、窓にかけよる。底まで見えそうに澄んだ海。その海のすぐ下を、黒い、巨大な、どこまでもどこまでも続いている長いものが、すうッと艦尾の方にズリ落ちながら、通りすぎる。

司令塔が艦底にぶつかる。

息をのむ。ぶつかったが最後、潜水艦は司令塔が折れて沈没するだろうが、駆逐艦も艦底に大穴があき、浮いていられなくなる。相打ちである。

ズーンとハラに響くショックを残して、六発目か七発目かの爆雷が爆発した。

「潜水艦、艦尾をかわりました」

という報告が来た瞬間、次の二発、続けて二発が爆発した。

二六ノットに増速して、艦は真っ白なウェーキ（航跡）を曳きながらダッシュする。その右に、左に、上に、それよりも白い、大きな爆雷の泡の波紋が、海を煮え返らせ、フルスピードで遠ざかる。

確かに、三発や四発は、至近弾を食わせたはずである。
五、六発といいたい体勢であった。たとえ一発、二発しか食わなかったとしても、あのくらい近距離でやられると、場所によっては、敵潜水艦はそのまま沈むか、浸水に耐えられず、一か八かの砲撃戦を狙って思いきって浮上するか、しかなくなるはずである。
「零距離射撃に合わせておけ」

「左砲戦――」

そのとき、

「三番船魚雷命中ッ」

と見張りが報じてきた。

「くそッ」

救助に行きたいのはヤマヤマだが、そうすると、ここまで追いつめた敵潜水艦をのがしてしまう。

「電話。『舞風』へ。本艦、敵潜水艦攻撃中。三番船をお願いす」

彼は一途に、必死に、幻の潜水艦に向かって直進する。カン——であった。読み——ともいえた。

速力を落とした。

ふッと、そのとき、敵潜水艦の艦長が、砲術長伊藤中尉くらいの年格好ではないかと思えてきた。精いっぱいの努力をしていても、経験が少ない。なんとなく、することがギコチない。第一、彼の考えた三番船襲撃の選択と合致したことでも、オーソドックスでありすぎる。その上に、射点が、彼の目算と約六〇〜七〇メートル違っただけだ。しかも、三番船攻撃に熱中したあまり、背後から「野分」が忍び寄るのに気づかなかった。ベテランならば、目標を狙いながらも、八方に注意を行きわたらせるはずである。

「よく見張れ」

西川が、強く命じた。

近ごろ、アメリカ潜水艦が、突撃してくる駆逐艦に向かい、ちょうどアッパーカットを食わせる要領で、艦首を狙って撃ってくる例があった。速力を上げていると、回避する余裕がなくなって、やられる。いつでも大角度の舵がとれるように身構えながら、西川少佐は、幻の潜水艦に向かって、ジリジリと距離をつめていく。

驚くべきことが起こった。

「左六〇度、潜水艦」

と、見張員が叫んだ。その言葉が終わるか終わらないかのときに、四〇〇～五〇〇メートルのところの海が急に盛り上がって、真っ黒な潜水艦が、艦首を鋭い角度で突き出した。滝のように海水を振り落としながら、ぐんぐん艦首を水面から上にのばしていく。艦首は、いよいよ長くなり、それがいつの間にか倒れていって、水平に近くなり、司令塔が姿を現わし、ぐうッとその全貌を海面にとび出させて、さては砲戦をやる気だなと、「撃ち方はじめ、急げ」の号令をかけたとき、ほんの一瞬、浮上状態になった潜水艦は、まるでイルカが水面を跳躍するような錯覚を起こさせ、そのまま艦首を下げ、スルスルと水に吸い込まれ、勢いよく回転するスクリューを高く上げて、次の瞬間には、沸騰するおびただしい白泡と波紋のなかに、まるでスローモーションのフィルムを見るような動きを示しながら、全身を浸し、水面下に消えていった。

あッという間の出来事であった。あまりの意外さに、息をのんで凝視している間の出来事、といった方が正しかった。ストップ・ウォッチを押したわけでもないので、客観的な時間の長さは誰も知らないが、それでも、その間に、一二・七センチ砲六門が、轟然、火を噴き、二五ミリ機銃一四のうちの過半が、連射した。

なにしろ、バカのように口をあけっぱなしでいたもの、さあどうしようかと無意識のように動き回っていたものの多いなかで、砲を旋回し、照準し、発射するには、超人的な意志の力を必要とするが、それをなしとげて、一二・七センチ砲弾少なくとも一発(あるいは二発)は司令塔の根もとに命中、二五ミリが、前部から後部にかけて、何発かの命中弾を得たように見えたのは、たいしたものだった。

「野分」は、潜水艦がとび出し、また潜没した地点にまで近寄った。

「やりましたな」

さきほどから、艦橋につきっきりになっていた豊田軍医中尉が、ユガんだ顔で笑った。いや、笑ったというより、蒼白い顔をケイレンさせて、ようやくこれだけの言葉を絞り出したといった方があたっていた。

食うか食われるか——などという実感は、たとえ同じ場に居合わせても、艦長、水雷長、砲術長などと軍医中尉とでは、受け取りかたが違ってくる。それは海軍軍人が、戦争となり、相手の艦を沈め、飛行機を墜とさなければ、国から課せられた任務が果たせないと見とどけ、それが戦争なのだと割り切ったあと、あらためて彼自身に銃口を向け、一瞬の後には引き金を引こうと決意し、身構えている相手の顔をまともに見つめて、初めて、実感として湧いてくるものであった。相手に銃口を擬せられていることに気づかず、あるいは気づいたとして、も、引き金を引かれると彼自身がどうなるかについて正確な認識のないものには、「食われないために食う」などという、人間らしからぬいい方や、鬼のような行為が、理解できるはずはなかった。

敵潜水艦撃沈と聞いて上甲板にとび出してきた乗員たちは、

「や、気泡だ。同じ位置から動かん。お、いろんなものが浮いとる。重油が一面に噴き出してくる。おい、撃沈だ。沈めたぞ」

「危なく本艦がやられるところだった。その上これで、三番船のカタキ討ちもできた。武勲赫々《かくかく》だ」

と喋り合った。ストレートに、喜びあった。考え方は素朴だし、理論的なアタマはないにしろ、彼らはフルにコミットしていた。軍医中尉は、その面では、傍観者であった。「野分」に乗り組んで約半年。ソロモン攻防戦に何回も加わって、魚雷を撃ち、数千メートルのところに命中火柱や水柱が立ち、ガクンとよろめき、前のめりに姿を消す敵艦を見た。逆さまに突っ込んでくる敵機が、黒い爆弾を放したと見る間に真っ赤な火の玉になり、驚くひまもなく空いっぱいに黒煙の尾を曳いて、「野分」の艦首のすぐそばに落ちて黒い水を艦橋にまでまき散らしたのを見た。しかし、飛行機のときは、落ちてくる爆弾をよけることに気をとられ、辛うじてこれを回避して、ホッとしたすぐあとの撃墜であったし、魚雷で沈めた敵艦の場合は、「野分」の周囲に正確な照準の砲弾が連続落下し、誰の目にも次のタマは命中するとしか思えぬ緊迫した状況であったので、敵艦撃沈で安堵したわけだったが、こんどの場合は、数十分にわたる人間対人間の死闘であった。

「やはり艦長は若かったようだナ――」

西川はそうつぶやいて、艦橋に戻ってきた水雷長と顔を見合わせていたが、フルにコミットしている責任者には、軍医中尉のような感傷に浸る余裕はない。

三番船の姿は、もう船団のなかになかった。「舞風」がストップしている。生存者を救助しているのだろう。

「『舞風』へ電話。われ敵潜水艦一隻撃沈。船団を護衛し、トラックに向かう。両舷前進強速。面舵。船団の先頭にはいる――」

そして「野分」は、何事もなかったかのように、船団の先頭に向かって、入列運動をはじめた。

「敵は一隻しかいなかったようだな」

誰にともなく西川は、そういった。口調は、ふだんに戻っていた。

軍医中尉は、まだ気持ちの整理ができないのか、

「あの潜水艦は、どうなるでしょう」

「あっという間に圧しつぶされるさ。このへんは水深一三〇〇メートルだ」

水雷長は、軍医中尉に答えておいて、後甲板から艦橋までの間に考えてきたらしいことを、晴れやかな口ぶりで艦長にいった。

「本司令部（連合艦隊司令部）が大喜びでしょう。近ごろ敵潜水艦撃沈というのは、ありませんからな、いつも味方がやられるばかりで――」

第二章　危うしトラック要塞

　トラックの北水道に針路を向けると、艦首から右と左に連なる環礁の上に、ポツンポツンと小島が見える。水道の左手に、怪異な稜線が魔法使いでも住んでいそうに思わせる春島、夏島。それから少し右に離れて、春島、夏島をひとまわり小さくしたような冬島、秋島が玄武岩のゴツゴツした岩山をそびえ立たせる。

　一歩、水道を入れば、急に波が静かになる。距離にして東京・浜松間、約一九五キロの環礁がぐるりとまわりを取り巻いて、白く砕ける波がえんえんと続き、内部は、いわゆる礁湖。径約六五キロ。東京の真ん中から小田原までを底辺にして、ヘンな形の直角三角形を描いたようなとてつもない広さである。

　水がすばらしくキレイだ。青緑色をしている。ことに晴れた日の美しさは、なんともいえない。一〇メートルから三、四〇メートルも深さのある底のサンゴ礁が、南海の陽光を反射させているせいである。

「野分」「舞風」の護衛する船団二隻は、島と、サンゴ礁の間を慎重にぬいながら、昭和十九年二月十二日午後三時、予定より二時間遅れて春島の西の錨地に錨を打った。五日前にラバウルを出港したときから、船団の隻数が一隻減ったのは残念だったが、カラ船だった上に、コガネ丸船長はじめ乗員の救助が最大限度までできたのがなによりだった。

錨を打って、「機械よろし」の号令をかけたあと、さすがにホッとした西川少佐は、すぐ下に降りるのがモッタイないような気がして、艦橋から、島々の不思議なたたずまいを、しみじみとした気持ちで、見渡した。

金城湯池という表現がピッタリの、広大な不沈要塞。夏島に第四根拠地隊（水偵〈水上偵察機〉約三〇機、水戦〈水上戦闘機〉約一〇機、飛行艇二機、小型水偵〈潜水艦用〉七機）。竹島に錬成航空部隊（戦闘機四〇機以上、爆戦〈零戦に二五〇キロ爆弾を搭載するように改造したもの〉二五機以上）。春島に第二空襲部隊（中攻約一〇機、九九式艦爆〈艦上爆撃機〉一五機）、錬成航空部隊（艦攻〈艦上攻撃機〉九機、その他艦攻九、艦爆二、水偵五以上）。楓島に第二空襲部隊（艦攻二六機）、錬成航空部隊（夜間戦闘機九機以上）、その他戦闘機五機。計約二〇〇機を超える飛行機が集中している姿は、壮観としかいいようがない。

ラバウルの、連日一五〇機から二〇〇機の敵機が襲いかかってくるあの激しい消耗戦と、息詰まる急テンポで追い迫ってくる敵の圧倒的な兵力——その場その場では、少しも負けているなどとは見えないが、一日たち二日たつと、いつの間にか戦場は、ぐッと近くに移動してきており、昨日の戦場に飛ぼうとすれば、厚い敵機のカベにさえぎられる。対抗しがたい兵器――レーダーとVT信管（飛行機のそばまで来ると、命中しないでも炸裂する一種の感応信管）のために、それ以上は、人間わざでは突っ込めない。そこには、死闘――ザラザラした、人間が人間であることを拒否した荒々しさがあるだけである。

それに比較すると、トラック基地は、なんという穏やかな、自信に満ちた、悠揚迫らぬ布陣であろう。

航海当直を撤して、一人、二人の信号兵を残すだけになった艦橋で、西川艦長だけがたたずんでいた。そこへ、機関長古屋少佐が上がってきた。

「艦長、また生きのびましたな」

「おう。だいぶこんどは苦労させたが――」

「いやいや。われわれ水面下にいるものは、艦長の命のまにまにでしてね」

古屋少佐は、ニヤリとした。

「――どうです、今晩。内地に帰ると落ちつきませんぜ」

「悪くないな。しかし、オレは遅れるぞ。回りたいところがある」

「じゃ、いつものところで。フレは私が回しときます」

酒好きの機関長が、ニコニコしながら、艦橋を降りようとして、急に立ち止まった。

「あれッ。あそこにいた武蔵がいませんぜ。『愛宕』も『妙高』も――。なんだ。連合艦隊決戦部隊が、ゴッソリ消えているじゃないか。どうしたんだろう。何かあったんですかな」

「野分」「舞風」が一〇日前、トラックを出港するまでは、大将旗を掲げた「武蔵」を筆頭に、戦艦「長門」「扶桑」、重巡「愛宕」「鳥海」「妙高」「羽黒」「熊野」「鈴谷」「利根」、軽巡「大淀」、駆逐艦「秋月」「浦風」「磯風」「谷風」「浜風」「白露」「玉波」が堂々とした勇姿を連ねていた。いまは、それがそっくりいなくなって、損傷艦「矢矧」、リーフに坐礁した駆逐艦「文月」のほか、軽巡「阿賀野」「那珂」、駆逐艦「追風」「太刀風」「松風」「時雨」「春雨」などを残すだけ。広い泊地は、まるでガランとして見えた。

「『武蔵』は横須賀、そのほかはパラオに向かったそうだ」

「やっこさんたち、ハナが利くからなあ。まさか敵が来そうだというんで、逃げたんじゃないでしょうなあ」

機関長は、いつも下にいるので、上の様子がわからない。

「そうかもしれん。トラックだって、いまでは第一線だ」

昭和十九年二月一日、太平洋正面の最前線であったクェゼリン、ルオット両島（マーシャル群島）に米機動部隊が来攻した。味方守備部隊は、それこそ最後の一兵まで勇戦したが、二月六日、ついに玉砕、マーシャル最強の要地が、敵手に陥ちた。

マーシャルを抜かれると、次は、東カロリンになる。東カロリンの拠点は、トラックである。敵がトラックをうかがうのは、順序であった。

そう思ってみると、なんだかトラック環礁のなかが、ザワめいているようである。

「この調子だと、本艦の敵潜水艦一隻撃沈も、ウヤムヤになりませんかナ」

「まさか――」

と否定はしたものの、そんなことで部下の功績が消えたりすると、艦長としての任がつくせぬことになる。だが、それよりもなぜ決戦部隊が、あわただしくトラックを出たのだろう。事と次第によっては、早速、上陸を止め、警戒停泊に切り換える必要があった。

「とにかく、四艦隊司令部にいってくる。あと、願います」

西川は、早々に内火艇を用意させ、夏島に向かった。

夏島は、山の多い島で、トラック環礁のなかでも一番ゴツゴツしている。トラック港は、この島の南側と、向こう側の竹島との間にひろがっており、したがって港湾施設も整い、第四艦隊司令部もまたここにある。

灼けつくような土、何の骨だろうかと、薄気味悪くなるようなサンゴの道を、汗をふきながら踏みしめていくと、どこからとなく、コプラの強い臭いが胸に来る。ここは一年中、ほとんど温度が変わらず、摂氏二八度前後を上下する。ありがたいことに、二月は北東季節風のシーズンで、風がある。もし風がなかったらどうなるだろうか、と思われるほどの暑さであった。

四艦隊司令部には、西川艦長の一つ上のクラスの河井中佐がいた。少佐の終わりから中佐の初めというと、大型駆逐艦艦長、大型艦（戦艦、空母、重巡など）の科長（砲術長、通信長、航海長、飛行長など）、司令部の幕僚などのポストに、もっとも広く、まんべんなく配置されている。どこに行っても、顔見知りがいる。

河井第四艦隊参謀は、席を立って、

「やあ、ご苦労さん。潜水艦をやったそうじゃないか。場所はどこだ。どんなふうにやったんだ――」

と目を輝かした。

西川少佐は、これは大丈夫だぞとほッとしながら、発見から撃沈までをかいつまんで話し、

「どうも、相手は若い艦長だったようですな。技倆は相当なもんだけど、場数を踏んでいない。そんな印象を受けましたよ」

「ふうむ――」

河井参謀は、頭のなかからたぐり出すような目の色で、

「敵サンは、どんどん新手の若いのを注ぎ込んでくる。なんか、いくさが、アメリカの若いヤツに暴れ回られている感じになってきた」

「若いヤツ？」

「貴様が沈めた潜水艦長のようなもんだ。なんだか、こっちがみんなジジイになって、息切

れしてきた。ヤツらは若くて息もつがせん。よほど引きしめてかからんと、こっちはジリ貧どころかドカ貧になる」

「若いばかりじゃないんでしょうがね」

「いや、若さだ。おれにはそう見える」

「『武蔵』や、四戦隊、五戦隊が出てしまったのも、ドカ貧の結果ですか」

「そうさ」

河井中佐は断乎といい、しばらく考えていたが、

「いまここで、四艦隊（内南洋部隊）の立場からこの戦争を見ていると、山本長官という人の偉さが、痛切にわかってきた。あの人は、アメリカの強さ、逞しさ、攻撃精神の旺盛さを正しく見ておられた。山本長官が戦死されたあと、どうもいかん。どうだ、西川君。作戦室に来んか。少し、おれの考えを聞いてもらいたい」

作戦室は、どこも同じで、真ん中に大テーブルを置き、海図や作戦図をゴタゴタと並べてある。

大テーブルの上の、太平洋全図の前に、河井参謀が立った。図上には、千島から小笠原、マリアナ、スンダ、ビルマを線で連ねた絶対国防圏、米軍の反攻が指向されたブーゲンビル島のタロキナ、ニューギニアのラエ、サラモア、ギルバート群島のタラワ、マキン、マーシャル群島のクェゼリン、ルオットに赤いマークがついていた。

河井参謀の話は、こうであった。

——第三段作戦に入って、Z作戦という作戦がはじめられた。トラックを作戦根拠地にして、ソロモン、ニューギニア方面は基地航空部隊陸上機、太平洋正面は機動部隊空母機で敵に当たる。ところが、その基盤になる絶対国防圏の防備が、十九年春にならぬと概成しない。だから、それまでの間は、敵が絶対国防圏に入ってこないように押さえて、時間稼ぎをしなければならぬ。もしそれ以前に圏内に入って来られると、防げない。簡単に足許をすくわれ、一気に本土になだれ込まれる。これが根本の条件。

現実の問題では、敵のソロモン、ニューギニア方面からの突き上げが予想以上に激しい。テンポが早い。ガンバリとおしてくれるはずの味方が、将棋倒しにやられる。あれよあれよという間に、この方面の支柱になっているラバウルが危険になった。時間を稼ぐどころか、意外に早く敵がラバウルに手をかけそうな形勢になった。

もちろん、東正面の備えを忘れたわけではないが、背に腹はかえられなくなり、東正面を担当する機動部隊そのものをヌケガラにして、空母機を南東方面に注ぎ込み、ラバウルに送った。

運も悪かったが、これが十一月一日（昭和十八年）の敵のタロキナ上陸とぶつかった。たちまち、航空消耗戦に巻き込まれた。空母機は勇戦敢闘したが、損害は大きかった。ほとんど組織的戦力を失うところまでいって、一〇日後に後退した。この再建には三ヵ月かかる。全治三ヵ月の大怪我をしたことになる。

そこへ、敵機動部隊が、ギルバートに大挙して来襲し、タラワ、マキンに上陸（十一月二十一日）した。九月の第一回ギルバート来襲のときには、味方機動部隊がとび出していったが、こんどは出られぬ。機動部隊は、全治三ヵ月の大怪我をして入院中だ。

もっとも、機動部隊空母機のうち、第二航空戦隊はシンガポールで錬成中だったが、こんな事態になったので、正規の訓練終了が待てない。空母には発着できなくてもよい。ともかく、陸上から飛べるところまでに急いで訓練して戦場に連れてこいと命じた。それがトラックに来たのが十二月末。だから、十一月二十一日のタラワ、マキン上陸のときには、機動部隊はヌケガラのままだった。

トラックに来た二航戦（第二航空戦隊の略）は、まだまだ一人前ではない。訓練を続けないといけない。トラックに来たあとも、毎日、懸命に訓練をしていたが、ラバウルの航空兵力が消耗し、底をついてきたため、これもやむを得ず、一月二十五日にラバウルに進出させた。――ラバウルのことが、気になってしようがない。東正面こそ最大の敵であるはずなのに、アタマは、いつも南東の方を向いている。敵艦隊は、まだ東正面には来ないだろう。来ても、ハリつけてある基地航空部隊と所在の水上部隊で、なんとかできるだろう、と楽観している。

こうしてZ作戦の東の翼は、もぎ取られた。片ッ方の翼は、南東に回した。その南東に回した翼は、ボロボロに食いちぎられる。まだ、Z作戦のカナメになるトラックは健在だが、バリケードであるはずのラバウルは、もう前向きの役を果たせなくなった。そのラバウルに、なぜ海軍戦力の中核である母艦航空部隊を注ぎ込み、トラの子をすりつぶさねばならないのか。

「Z作戦は、もう、成り立たなくなっている。負け将棋の指しすぎはいかん。一日も早く南東の作戦を打ち切って、全力を東に向けなければえらいことになる。遅いんだなあ、決断が。敵の若さに比べて、なんともジジイじみている。うまくないよ、これは——」

河井中佐の嘆きは、まだつづく。

——昭和十九年二月一日、マーシャル群島のクェゼリン、ルオットに敵機動部隊が襲いかかったときは、味方の機動部隊空母機は、またまた一太刀も浴びせることができなかった。マーシャル方面に配備されていた二十四航戦が全滅し、両島の守備隊が玉砕して、マーシャルは米軍の手に陥ちた。

クェゼリンが陥ちたときは、さすがの大本営、連合艦隊も大ショックを受けた。この次は、マーシャルに食いついてくるだろう、とは予想していたが、群島の端の方から入ってくると踏んでいた。まさか、守備隊六〇〇〇人を擁するマーシャル最強の中枢を、直接突いてこようとは思ってもみなかった。

「ところが、これで目が覚め、大転換をやったといえばまだいいが、そういえないのだから、困ってしまう。二航戦は相変わらずラバウルで激しい消耗戦を戦っている。ラバウルには、毎日一〇〇機ないし一五〇機の敵機が来ているのだから、そのうち、どうしようもないところまでくるのはわかりきっている。機動部隊の戦力ができあがるのは、そんなことで、五月末にズレ下がる。連合艦隊は、五月、六月に作戦を予期して訓練に入る。リンガ泊地で、空母部隊と合流する。一月半ばに連合艦隊がトラックを出ていった。『武蔵』とは違うぞ。『武蔵』はB-24が偵察に来たのでそれ空襲だと逃げだした。しようがないよ。かれらは足をもってるから。――そうだ、一航艦（第一航空艦隊）の加藤参謀が来ている。貴様のクラスの加藤泰三が来ているぞ」

そういって、河井中佐は当番を呼び、加藤中佐を探させたが、二十六航戦の飛行場回りをしておられますという返事が来て、

「じゃ、こうしよう。敵潜水艦撃沈祝賀会を、今夜、『小松』でやろう。連合クラス会というこうじゃないか。信号はオレが出しとく」

といった。

敵潜水艦撃沈祝賀会とは、ウマイ名目を考えついたものである。それらしい名目が立てば、艦根は嫌いではないから、すぐ人が集まる。断わるわけにはいかないスジのものだが、艦は艦で、機関長が旗を振って同じことを計画していた。どっちにせよ、『小松』で飲むことには

変わりはない。西川は、それから「香取」に寄り、打ち合わせをすませ、艦に引き揚げた。「野分」と「舞風」は、四二一五船団を護衛して、明十六日朝八時出港、「香取」艦長の指揮下に入って横須賀に行けという命令を受けたのである。

酒のよさは、人の心をあらわにするところにあった。海軍の士官たちは、単純だし、クラスメートという同志的なつながりのある船乗り仲間の集まりであったから、この感は、いっそう深かった。ことに戦地で集まり、飲む酒には、内地では味わえない甘さと、あたたかさがあった。敵というものを向こうにまわし、味方同志、クラスメート同志、艦の乗員同志が、身を寄せ合い、手をつなぎあって、いたわり合い、力になり合いつつ敵にあたる。味方という連帯感で、生き残るための戦いを戦う。敵に対するとき忘れ果てる人間同志の大きな愛情が、味方に向かって濃くあふれ出る。

こんな席の中心になるのは、とかく向こう意気の強い者であった。一航艦の加藤が、意気軒昂、当たるべからざる勢いで、座をさらった。

ギルバート、マーシャルと攻め立てられているトラックの住人――四艦隊、第四根拠地隊が、いくぶんの諦めムードと、だからといって意気消沈しているのでもないノンビリさをもっているのに対して、一航艦は、ミッドウェー海戦までの南雲部隊乗員の鼻息を思わせた。

「一航艦にまかしとけ。ヒネってやるよ。こんな大勢力の航空部隊が、いままで日本海軍にあったか。一六四四機だぞ」

と声を潜め、
「敵が物量を誇るなら、その物量で来い、だ。敵の母艦がいくら多くても、飛行機一六〇〇機は乗せられまい。一航艦というのはナ、基地航空部隊ではあるけれども、普通の基地航空部隊とは違う。母艦ではなく基地をベースとした機動部隊だ。決戦遂行能力を有する基地航空部隊を急速に機動集中させる。二〇ノットそこそこで動く母艦部隊など、問題にならぬ。こうして随時随所に圧倒的優勢を確保して、敵機動部隊をセン滅する。使う基地は、太平洋正面の、内南洋の島々だ。多数の不沈空母を縦横に全幅活用する。これは、真珠湾を考えた源田実中佐の発案だ。どうだ、すばらしいだろう。ついに日本海軍は、敵機動部隊に勝つ戦法を得たのだ。万々歳だ」

と盃を上げた。

確かに、それは画期的な着想であった。真珠湾で切り札になった母艦集中使用のアイデアに匹敵した。その上、使用機の性能も向上して、銀河（攻撃機）、彩雲（偵察機）、月光（夜間戦闘機）、彗星（艦爆）、紫電（戦闘機）などの新鋭機がズラリと機首を並べた。しかも一航艦は、この春には、一応の訓練を終わる段取りであった。機動部隊よりも早く仕上がるのだ。

海軍のホープであるだけに、一航艦に対するカバーもたいへんな手厚さであった。連合艦隊に入れると、機動部隊航空隊のときのように、背に腹は替えられず、すぐ消耗戦のなかに注ぎ込まれ、戦力をすり減らしてしまう。そこで、大本営直轄部隊とし、誰にも触らせず、全力を戦備と訓練に傾倒させた。

だが、そうはいっても、このような戦況での部隊づくりであった。諸事手許不如意で苦しい。司令には、中佐の若手の航空出身者を、飛行隊長には技倆、識見とも優れた人材を配し、主力搭乗員には教育部隊卒業者を直輸入することにして、精いっぱいの努力をしたが、飛行時間一〇〇〇時間、一五〇〇時間などという猛者がザラにいた真珠湾、ミッドウェー当時と比べると、しょせん、技倆の低下は、どうすることもできなかった。

しかし、加藤参謀の自信は、そんなことで揺らぐほど根が浅くはなかった。大きな使命感に、全身の血がたぎっているようにみえた。恐らく、これは、かれの一人のものではなく、一航艦全員がそうなのであろう。一航艦司令長官が角田覚治中将であることも、かれらの確信に結びついているようだった。角田中将は、猛将であった。ミッドウェー海戦のとき、改装空母「隼鷹」を指揮しアリューシャンから猛然とミッドウェーめざして突進した。南太平洋海戦でも追撃また追撃、突撃また突撃。一合戦終わるとすぐ引き揚げてくる上級指揮官の多い日本海軍で、徹底的に追撃、猛撃のできる、ほとんど唯一人の人といってよかった。

だが、その一航艦も、やはり戦局の急迫には引きずられた。クェゼリン失陥後、ポッカリあいた中部太平洋の守りの穴を埋めるものは、一航艦しかなかった。二月十五日、一航艦は、ついに連合艦隊に編入された。加藤中佐がトラックに来ていたのは、一航艦が展開する飛行場のアレンジをするためであった。

「しかし、これではトラックには出て来られそうもない。どの基地も、飛行機でいっぱいじゃないか。どうしてこんなに飛行機を集めてしまったのかなあ」

土着部隊の二十六航戦参謀太田中佐は、渋い表情で、いった。

「そうなっちゃったんだよ。ラバウルで消耗して、引き揚げてきた部隊が三つ雑居している。任務も、作戦と練成と整備とがゴッチャになっている。飛行機が約二〇〇機いるが、指揮系統もヤヤこしい。カクテル航空部隊だナ、これは。さあ戦争だというとき出るのは、そのうち六、七〇機だ。あとは錬成中か整備中で、役に立たない。まぁ空襲はないだろうというので、これでもやれているんだが」

とすこぶる頼りなげな口調である。

しかし、そんなシカツメらしい話も、酒がまだ回らない間のことで、しだいに回りはじめると、話題も変わり、賑やかになる。

「おおい、みんな。一度死んだら、二度死なんのじゃ。ガンバレェ」

などと大声叱咤するようになると、座はますます佳境に入る。

西川は、潮時を見て、「野分」の連中の部屋に横スベリした。おかしなもので、一艦の士気は、士官室に呑兵衛がどのくらいいるかに比例するという人があるが、酒を楽しく飲める者が多いと、自然、気が揃うから不思議である。

「ラバウルでは、『呉の雪風、佐世保の時雨《しぐれ》』などといって、武運めでたい艦の双璧のようにハヤしてるが、とんでもない片手落ちだ。横須賀の『野分』を加えて三羽烏にしないと、お天道様に相すむまいぜ、とスゴんだら、『横須賀の野分』じゃ言葉が長すぎてウタにはなりません。なんとか勘弁してくれと謝られたそうだ」

「まったくだ。『雪風』や『時雨』もそうだろうが、本艦は、まさしく上下一体。酒を飲もうというと、一議に及ばず皆賛成する。やっぱり、酒の好きな人間ばかりでないと、武運もめでたくならんワイ」

水雷長と軍医中尉は、酒が入ると、まるで漫才になる。

西川艦長は、艦内の人間関係をよくする上で、先任将校（水雷長）の人柄を高く評価していた。それに躍起者の砲術長、ジョーカーの軍医中尉が加われば鬼に金棒。また機関科分隊長の大脇中尉が、明朗派で、慎重居士の機関長と、長短相補うコンビをなしていた。

このチームワークが、心と心の通い合いにまで発展しないと、戦場では、敵に負ける——と西川は信じた。

今朝、敵の魚雷を回避したときでも、大角度の舵と、唐突な速力の増減があれよりほんの少し遅れていたら、いまごろ、ここにこうしてはいられなかった。また、あのトッサ砲撃、爆雷の急速投射を、あと三〇秒もグズグズしていたら、敵潜水艦を撃沈することはできなかった。

西川は、精いっぱい、心を開き、部下たちに彼をできるだけ理解させようとした。艦長はいま、何を考えているのかを、ふだんからできるだけ部下にわからせておくことで、戦闘の間、説明のヒマのない危急の場合、万が一にも指揮系統に錯誤が起こらないことを祈った。これが、国家の期待にそうことであり、部下二〇〇人の期待に応えることでもあった。艦長の責任は、一人の能力の範囲を越えて重かった。艦の戦闘も、保安も、部下の生命の保全も、彼一人の双肩にかかっていた。「公人」としての艦長である西川少佐と、「私人」としての西川栄次郎と、二つの生活の調整がむずかしかった。いわゆる「聖人」でありたいとは、毛頭考えなかった。「公」と「私」の区別だけは、いつもハッキリさせようと努めた。

その夜は、翌朝の出港を控えて、誰も陸上に泊まる者がなく、士官室会が終わると、いっせいに艦に帰った。――その日の朝陸攻五機で、トラック東方海面を索敵したとき、陸攻二機が未帰還となり、午前中、米機動部隊飛行機の感度の高い無線電話を聞いたというのも、気がかりだった。恐らく、敵は、明十六日早朝、空襲をかけてくるだろうと推定された。空襲を受けるなら、行動中の方が自由に回避できる。錨を打っているときにやられたら、結局逃れられない。出港時刻との兼ね合いが問題だった。出港が遅れ、マゴマゴしているとき、敵に来られるとマズいことになる。西川艦長は、そのときになったら錨を切ってでも走り出す腹を決めた。

十六日、四艦隊命令で、午前三時以後、第一警戒配備が発令された。「野分」は、ボイラーを焚き、いつでも艦を動かせるようにして待った。日の出は、午前五時であった。空襲は、日の出直後に行なうのがいままでの常識である。日の出を背にして入ってこられると、ひじょうに飛行機を発見しにくい。ミッドウェーでも、太陽を背にして侵入した急降下爆撃機にやられた。

「野分」は、全員配置についた。待った。待った。しかし、何事も起こらなかった。陸攻二機と天山（艦攻）九機が索敵に出ていったが、異状なく、索敵を終わって、全機帰ってきた。

キツネにつままれたような、ヘンな具合になった。昨日、陸攻二機が未帰還になったのは事実であり、敵空母機の電話が、近距離で聞こえたのも間違いなかった。確かに、そのときは、トラックの近くに敵空母機動部隊が接近していたに違いなかった。

そうだとすれば、今朝、当然、大挙して来襲するはずである。それが来ないのは、敵機動部隊がトラック付近から引き揚げたことになるのか。今朝の索敵機は、敵を見なかった。全機、帰ってきた。それから見ると、恐らく敵は、トラックの防備が固く、これを襲えば反撃を受けて、かえって大損害を受けると見て、後退したのではなかろうか。

四艦隊長官は、午前八時になっても敵が来ないのを見て、第二警戒配備を令して様子を見た。十時半になったが、いっこうに音沙汰ない。そこで、第三警戒配備を命じて、ふだんのとおりの配備に復した。もう、上陸もできるし、外泊もできる。錬成航空部隊は、戦闘準備を復旧した。もう敵が来ないのならば、若い搭乗員の錬成を急がねばならないので、機体から機銃を外し、地上射撃訓練にとりかかった。

ホッとしているトラックの住人たちと反対に、「野分」には、困ったことが起こっていた。四二一五船団の赤城丸の荷役が、朝からの敵襲警戒さわぎのため、すっかり遅れてしまい、荷役を終わるまでに、どうしても十六日いっぱいはかかるという。

これには閉口したが、どうすることもできない。護衛ばかりは、護衛される船が主体であり、駆逐艦はお伴でしかない。商船の準備ができなければ、できるまで待つほかなかった。「香取」艦長から、出港を明十七日午前四時半に変更す、と信号してきた。日の出前三〇分の出港である。やれやれと思った。北水道の難所を、日の出と同時に通ろうというハラであろう。

「野分」は、二日にわたって、乗員全部に、代わり合っての入湯上陸を許した。トラックには、乗員が十分ハネを伸ばせるところは、そう多くなかったが、ラバウル往復一二日のイキ抜きは、どうしてもさせておきたかった。固い土を踏ませるだけでも、いいと思った。

戦場に出て、生死の間を往来していると人間がひどく単純になるのか、西川は、ときどきふっと、理由のわからぬ戦慄と焦燥が皮膚を走るのに気づくことがあった。無性に部下を上陸させてやりたかったり、缶《かま》を焚いて錨を揚げ、島陰に避泊したくなったり、編航航行中、前続艦との距離を急に三〇〇メートルから一〇〇〇メートルに離さないと居ても立ってもいられなくなったり――。

こんどラバウルにいったときも、「野分」は「舞風」と一緒に錨地をとび出し、花咲山の岬の陰に入ったとき、不意に一五〇機を超える敵機に飛行場、陸上施設、湾内の艦艇が奇襲された。ところが、二隻は山すそにいたせいで、ほとんど攻撃を受けなかったばかりか、ちょうど低空に突ッ込んで銃爆撃を加えた敵機が、高度をとりながら帰途につく、その真下にいたため、狙い打ちに、ボロボロ撃ち墜とすことができた。

「時雨」艦長は、その感じを、

「敵の臭いがするのだ」

といったが、西川はそこまで大袈裟にはいえなかった。理由不明の危機感としかいえなかった。

「どうも、オレも犬猫のたぐいになり下がったかなあ」

と、ある日、夕食後、士官室で口に出したら、軍医中尉が、

「戦争がそうさせるんですよ。一種の神経症だ。悪質のものではないでしょうがね」

と診断した。

「オイ、軍医長。治療したらダメだぞ」

水雷長が、とんでもないというように、

「艦長の神経症のおかげで、『野分』はまだ浮いているんだ」

士官室に居合わせた四、五人の士官は、いまさらのように、西川艦長の顔を仰いだ。かれらが、身につまされるのもムリはなかった。ソロモン、ニューギニア方面で、戦闘がはじまってから、十九年二月までの間に、南東海面で沈没した艦艇は、戦艦二隻、空母二隻、巡洋艦八隻、駆逐艦三九隻、その他の艦種のもの五隻にもなり、損傷した艦艇は延べ数で、空母（水上機母艦を含め）五隻、巡洋艦三四隻、駆逐艦八七隻、その他二隻という、恐ろしいほどの数にのぼっていた。それにもかかわらず、「野分」は、その地獄のなかでほとんど全期にわたって働きとおしながら、一回もそういう惨憺たる経験はしないですんだ。

第三章　空と海の死闘七時間

昭和十九年二月十七日が明けた。

日の出は午前五時九分。「野分」は、「舞風」とともに、前夜遅く荷役を終わった赤城丸を先導して、予定どおり四時半出港、北水道に向かった。

海の上では、日の出一時間前くらいから、薄明るくなる。島には、まだ夜が、しっかりと根を下ろしているが、東の海からは、朝が静かに姿を現わす。

その朝、西川は、妙に早く目を覚ました。当番には、三時半に起こせといっておいたが、当番が遠慮がちに部屋をノックしてくれたときには、もう起きていた。

考えれば考えるほど、気になることばかりであった。

――おととい、二月十五日に、索敵の陸攻二機が未帰還となり、同時に敵信班が、感度の高い敵空母搭載機の電話を傍受したということは、何度考えても、敵空母が近いところまで来ていた証拠であった。また未帰還機が、陸攻二機というのも問題だった。搭乗員一人だけの戦闘機が帰ってこないのと違って、陸攻の搭乗員は七人である。敵機の奇襲を受け、電報一つ打つひまもなく撃墜されたとしか思えない。

四艦隊は、その次の日、十六日早朝の空襲を予期して、日の出二時間前から警戒を発令した。これは定石。ところが、予期した空襲がなかった。そこで、段階的にではあったが、トラックを平常警戒に戻してしまった。

だが、上陸員を外に出し、外泊させ、さてその平常警戒状態のまま、二日目の早朝を迎えるのは、ほんとうに大丈夫なのだろうか。

十六日早朝の索敵で敵を見なかったことは確かだが、しかし、もし敵が、逆に味方の習性を研究し、早朝索敵のときには索敵圏外に後退し、日本の索敵機が引き返したところで高速でトラックに近寄ってきたとしたら、十七日早朝には、完全なトラック奇襲ができるのではないか。

十五日、四艦隊の河井参謀に会ったとき、彼が楽観的な見方をしていたことが、急に気になった。ソロモン、ラバウルで戦った敵航空部隊の、狙ったら食いついて放さぬビフテキ人種の執念・ガンバリを、西川は、イヤというほど見せられていた。河井参謀は、十七年十一月、まだガダルカナル争奪戦で、味方に十分勝ち味があったころトラックに着任し、在任がもう約二年になっている。一度も敵と嚙み合わず、内南洋の大前進基地のヌシになって、今日にいたった。

——危ない。

少なくとも、この十七日の朝まで、厳重な警戒を命じ、敵がいないことをもう一回確認したのち、平常配備に戻ることにした方が、安全ではないだろうか。

彼は、右後ろに、次第に遠ざかる春島の奇怪な稜線を振り返りながら、

「一五分後、全力即時待機」

と機械室に命じた。

そのとき、ふとそばにいた水雷長と目が合い、水雷長が、彼の心をのぞき込むような目の色をして、目尻で、ニコリとしてみせたのに気づいた。

——あ、例の神経症の話か。

西川自身、そういわれてみると、全力即時待機の命令を、いまごろから出すのは、われながらおかしいと思った。しかし、この出港に、なんとなく不安を感じていることも事実であった。

——オレが、敵の指揮官だったら、やるだろう。兵力も時間も、十分ある。索敵機に発見され、相手が気づいたとわかったら、一日遊ぶのもおもしろい。あわよくば、奇襲ができるかもしれないのだから。

動き出して五分もたたないころ、まだかわり切っていない春島の方から、泣くような、金

属性の音が、かすかに聞こえたように思った。

「サイレンじゃないか」

一瞬、艦橋が水を打ったようになったが、風向きのせいか、どう耳をそばだてても、それ以上は何も聞こえなかった。

首からかけた七倍の双眼鏡では、春島に異変は見えなかった。まだ、夜が、島の西側にしがみついていて、一三センチの望遠鏡を使ってみても、陰になった暗さのなかからは、何も発見できなかった。

そのとき、電信室から、ケタ外れの大声が、伝声管で聞こえた。

「トラック空襲警報。第一警戒配備に就け」

来た――。

「野分」の後ろをついている「香取」から、すぐ電話が送られてきた。

「対空戦闘準備をなせ。本隊は予定のとおり行動する。速力一八ノット」

少しも早く、トラックを離れようとしている指揮官の気持ちはよくわかるが、そうなると、「香取」と赤城丸の全速力一八ノットがどうにも遅すぎた。「野分」の全速力が三五ノットであっても、どうすることもできない。

――危ない。

西川は、なにか襟筋が寒くなる思いだった。「香取」は潜水艦部隊（六艦隊）の旗艦としてトラックにおり、これまで激戦のなかには一度もとび込んでいなかった。しかも二月十五日付、六艦隊旗艦から海上護衛総隊に所属換えになり、トラックをあとに、艦ぐるみ内地勤務に戻る矢先で、一刻も早く危険地域を離れ、内地に向かって急ぎたいと考えているに相違なかった。

巡洋艦「香取」は、約六〇〇〇トン。一本煙突、主砲一四センチ連装砲二基、一二・七センチ連装高角砲一基、二五ミリ機銃八梃、魚雷発射管連装二基、速力一八ノットという、気のきいた駆逐艦よりも攻撃力の貧弱な、商船なみのノロい速力しか出ない艦で、もともとは少尉候補生を乗せて、遠洋航海に出るために造られたものであった。

「えらいことになりましたな、これは」

水雷長が、うなった。

「真珠湾空襲と同じことになりますよ。上陸員がまだ帰っていません」

「む」

西川艦長は、生返事をしながら、これだけの船団で、どんな対空戦闘ができるかを考えた。トラックよりも、船団の護衛が急務であった。船団は、一八ノットで、戦闘準備を整え、北水道にさしかかった。

「右一四〇度。大編隊、春島攻撃開始」

渡辺上曹が、大声をあげた。

春島の稜線が遠くにクッキリ見え、双眼鏡のなかに、その上空に豹のような斑点がひろがるのが見え、陽を反射してキラリと針でさしたような点が、青空に光った。

――奇襲を食ったな。

どのくらい敵に有効な反撃を加えることができているか、目に見えるようだった。奇襲が成功したら、攻める機動部隊の方が絶対優位の立場に立つ。防御側で完全に防ぎとおすことなど思いもよらない。これは、真珠湾からはじまって、インド洋（コロンボ、トリンコマリ）、豪北（ポート・ダーウィン）から、米機動部隊のギルバート、マーシャル攻撃の例からも、ハッキリしていた。空母機動部隊は、集中打撃力を、短い時間に、圧倒的威力としてぶっつけてくる。もしこれを、完全に圧潰しようとするならば、来襲する機数の少なくとも二～三倍の機数を、かれが戦場に達する約三〇分前に飛び上がらせて、準備おさおさ怠りない姿勢で、味方基地の前三〇～四〇浬にアミを張り、有利な高度で待機させ、一挙に敵に殺到して叩き墜とさなければならない。向こうが時間効果をあげる以上に、こちらも時間効果を収めなければならない。そして、このタイミングよく優勢な戦闘機を空に上げて待つということが、奇襲されると、まったく不可能になるのである。

「やった。畜生、火薬庫がやられた」

伊藤中尉のハギシリするような声に、西川少佐が振り返ると、春島のあたり、巨大な、真っ黒なキノコ雲が、空高く立ち昇っていた。

西川は、しかし、チラとそれを見ただけで、すぐに視線を前に戻した。北水道は、十分、航路の幅があるラクな水道ではあったが、少しでも早く水道を抜けておかねばならなかった。このときくらい、「香取」と赤城丸のスピードの遅さがもどかしかったことはない。

彼は、空襲を予期した。

伊藤砲術長が、顔を真ッ赤にして、勢い込んで対空戦闘の用意をととのえていた。

水雷長は、対空戦闘ではヒマなので、艦の戦闘準備をチェックしたり、双眼鏡で敵機を見張ったり、艦橋の狭いデッキを、忙しそうに動き回った。

ついに水道を出た。

あかね色に染まった東の水平線から、真紅の太陽が、頭をのぞかせた。

誰もが、任務を忘れ、故郷を忘れ、数分ののちに迫る生命の危機を忘れ、ひたすら、その太陽の赤さ、日の出の荘厳さ、空と海の広大さに魂を奪われる一瞬であった。

「敵編隊、十数機、こちらに向かってくる」

渡辺上曹の声と、機関科からの、

「全力即時待機完成」

との報告とが、重なって聞こえた。

「対空戦闘。右砲戦、敵編隊、撃ち方はじめ」

と号令しておいて、西川艦長は、艦橋の天井に開けた窓から上半身を突き出した。妙な格好である。艦橋の下側から見ると、天井の穴から、艦長の二本の足がブラブラしている。その足を、水雷長の肩に乗せる。コンパスの前に立った水雷長は、両肩で艦長を支える。

艦橋の屋根に腰かけた艦長のすぐ後ろに、伊藤砲術長が指揮所に立っている。艦長は、空からの攻撃をマトモに見て、足で操舵の号令をかけ、口で射撃の号令をかける。文字どおりの八面六臂《び》の体勢である。

「香取」を中心に、「香取」の右に「野分」、「香取」の左に「舞風」、「香取」の後ろに赤城丸。それぞれ二〇〇〇メートルの距離をとって、射撃効果を上げ、被害を局限し、かつ回避運動が自由にとれるような隊形にした。

「野分」の一二・七センチ主砲六門、二五ミリ機銃一四梃はいっせいに大きな仰角をかけて、敵に向かって撃ちはじめた。

敵機は、急速に近よってきた。豆粒のような黒点が、大きくなり、大きくなると、すごい速度で飛びちがっていった。

二五ミリ機銃の、立て続けに大ハンマーを鉄板に振り下ろすような音と、鋭い曳痕弾の矢。それが敵機を追って、右へ左へと低い雲に突きささり、その間に、一二・七センチ主砲の砲声と砲煙が、撃つたびに艦を震わせ、艦橋に瞬間の目つぶしを食わせた。

「野分」は、第五戦速に速力を上げ、「香取」の左側をシャープに旋回しながら、弾幕を撃ち上げた。

赤城丸は、しだいに遅れていた。孤立すると危険だとわかっていても、救いにいく余裕はなかった。飛行機に頭の上を押さえられている間は、その応接に精いっぱいであった。「野分」は三〇ノット、敵機は二〇〇ノット。

赤城丸がやられたのは、それからすぐあとだった。

「あッ」

と誰かが叫び、振り返ると、後ろの方に真っ黒な煙の柱が、空高く突き立っていた。

「しまった」

西川艦長は、その煙の柱のまわりを、アブのように飛び交う黒いものをにらみつけて、立ちつくした。

どうすればいいのだ。生存者の救助にいきたいが、状況が許さなかった。「香取」が危ない。

かれは、依然、旋回を続け、射撃を続けた。

伊藤砲術長は、目を血走らせ、声をからした。

「撃て、撃てッ。たたき墜とせッ」

もう、人間であることを忘れていた。主砲と機銃の撃ち上げるタマ一つ一つにのり移って敵機に食いついていくような、すさまじい形相をして、荒れ回っていた。

とびかかってくる敵機は、いまは三隻になった目標のうち、大きなもの——「香取」に、全力を集中しているようだった。もっとも抵抗の大きな——「野分」は、なんとなく、敬遠しているように見えた。

空を引き裂く音を残して、グラマンが急上昇すると、「香取」のまわりに、マストよりも高い水柱が立ち上り、「香取」の船体をすっぽり覆い、「香取」が見えなくなり、その水柱が消えない間に、「香取」の艦首がそれを横切って現われ、ホッと胸撫で下ろすことが、何度か繰り返された。

最大速力一八ノットという遅さが、致命的であった。対空砲火は猛烈に撃ち上げていたものの、水柱がいくつか立ち上るうちに、「香取」のスピードが次第に落ち、危急を思わせる様子が見えた。ときどき、艦に閃光が走り、黒煙と白煙がまじって奔騰した。

「砲術長、『香取』が危ない。『香取』にいくやつを狙え」

西川艦長は必死であった。船団護衛を命ぜられた「野分」「舞風」は、「香取」、赤城丸を敵襲から護る責任があった。やむを得なかったとはいいながら、赤城丸を失ったことは、彼の胸を引き裂いた。

——なるようにしかならんさ。荷役をもっと真剣にしておれば、予定通り、昨日出港できた。昨日出港していれば、一日違いで無事に生き残れたはずだ……。

などとは、西川は考えなかった。かれは、現実主義者であった。ベストをつくして今日になった以上、その今日にベストをつくす以外にはない、と考えた。失敗を繰り返さぬためには、真剣に前のことを追及しなければならないが、ただ責任をのがれたり、気を楽にしたりしたいために繰り言をいうのは、彼はとらなかった。船乗りらしい明るさ――かもしれなかった。ただ、その荷役の遅れを、漫然と待つだけに終わった「香取」には、一言も二言もいいたいことがあったが、いまは、そんなことを考えている場合ではなかった。「香取」が、動かなくなっていた。

朝五時から七時間も引き続いた空と海の死闘で、ついに爆弾を受けた「香取」は停止、「舞風」も停止して激しく燃えていた。缶《かま》か主機械をやられたのに違いなかった。

なんとか救助の手を差しのべようと、彼は、「香取」と「舞風」のまわりを、グルグル回った。救助するには、ボートを下ろすか、艦ぐるみ横づけするほかないが、そのために速力を落とすことができなかった。敵の空母機が、ほとんど絶え間なく襲ってきた。襲ってくると、艦長は、敵機に全神経を集中するほかなかった。スピードが一〇倍速く、空中を思うまま、立体的に飛び回る小さな飛行機は、海面を平面的に動くしかない大型駆逐艦にとって、苦手であった。その雷爆撃を回避するには、微妙なタイミングを的確にとらえる必要があった。一瞬、とらえそこなうと、たちまち火柱が立った。

「やつらに名を成させてなるものか」

彼は、空を見上げ、敵機が「野分」を狙って爆弾を投下した瞬間をとらえ、大角度の転舵をした。爆弾が機体にブラ下がっている間は、パイロットの頭脳が爆弾をコントロールしている。早く舵をとりすぎると、パイロットは投下をやめ、舞い上がって、また突ッ込んでくる。反対に、転舵が遅すぎると、命中する。命中しないまでも、至近弾となって船体に穴をあけ、乗員を殺傷する。ちょうど、爆弾が人間の頭脳から切り離されたときを見破り、首尾よく回避して、日本人たちが凱歌をあげなければならない。

しかし、それが成功するかどうかは、まったく紙一重の差であった。運、不運といえるのかもしれない。彼のもっとも口にしたくない、信じたくない言葉であったが、戦争のなかで、人間の力の限界を身につまされて知らされてくると、彼もまた「運のよさ、悪さ」をいやでも認めざるを得なくなった。

そのころ、空からは、潮が引くように敵機の姿が減っていた。一機、高々度をウロウロしているのが気になったが、かれは、「香取」に近よった。

火災は起こしていなかった。しかし、一〇度近く右舷に傾いていた。

『右舷機械室ニ魚雷一命中。左舷機間モナク修理完成。自力ニテトラックニ回航ス。野分ハ舞風ヲ救援後予定ノ如ク行動セヨ』

横須賀に向かう予定の「香取」が、トラックに逆戻りするのは、気の毒ではあったが、なにしろ自力で回航するというので、安心できた。しかし、「舞風」の方は、ひどかった。船体の半分くらいから、もうもうと黒煙をふき出していた。にもかかわらず、上甲板を乗員がリスのように走り回って、火を消していた。「香取」は魚雷でやられたが、「舞風」は爆弾を食ったようだ。

『火災トウゲヲ越シタ　安心乞ウ　ココカラハ泳イデモ帰レル』

「舞風」の艦橋から、手旗信号が送られてきた。「舞風」は健在だった。艦は破れても、乗員の士気は少しも落ちていない。

「ほんとうだ。北島から五浬ちょっとです」

航海長の明るい声に、艦橋の緊迫した空気がホッとゆるんだ。

撃ち方待ての号令で、艦橋に砲術長をのぞく顔が揃った。

「しかし、弱ったな。このまま『香取』と『舞風』をおッぽっていくわけにもいかんし。艦長、どうしますか」

水雷長が聞いた。

「自力で動けるようになったら、トラックに送り込む。それまで、この位置で待とう」

艦長がそういったとき、まったく不意に、「舞風」のそばにものすごい水柱が、五つ六つ立ち上った。

ギョッとして立ちすくんだとき、渡辺上曹が叫んだ。

「敵大巡二隻、一五〇。こちらに向がってくる――」

青天のヘキレキであった。大型巡洋艦の二〇センチ砲と「野分」の一二・七センチ砲とでは、とうてい太刀打ちはできなかった。逃げるしかない。ただ、駆逐艦には、武器がある。六一センチ酸素魚雷だ。これを撃ち込めば、大巡であろうと、戦艦であろうと、互角に勝負ができる。西川艦長は、一瞬の躊躇もなく、反撃に転じた。

「やるぞッ」

「魚雷戦用意――」

西川艦長の燃え立つような号令で、「野分」は、即座に活動を開始した。

敵大巡の射撃は、恐らくレーダー射撃であるらしく、水柱が次々に立っては消えた。そしてその何発かは命中しているらしく、「舞風」にも、「香取」にも、火柱がいくつか立った。「舞風」に、また火柱が立った。艦が、ガクンとよろめいたように見えた。「香取」にも、火災が起こった。よろめきながら、二隻とも、射撃をやめない。燃え上がる火の手の間から、激しく渦巻く黒煙と水蒸気を貫いて、鋭い砲煙が、空に向かって斬り込んだ。

砲声が鳴りはためいた。海鳴りのように、ドドドドと背骨にしみわたって聞こえるなかに、閃光が交錯し、人の生命が、赤熱した鋼鉄のギザギザした破片に貫通され、失われていった。「野分」は、全速力に上げた。それに向かって、敵弾が追ってきた。レーダー射撃の精度は、ゾッとするほどのものであった。どこまでも追ってきた。観測射撃ならば、一度タマが落ちたところには二度と落ちないから、タマが落ちたところに向かって舵をとればよかった。しかし、レーダーは機械であった。測ったところにタマが来るので、逃げても逃げても追ってきた。

「魚雷戦用意よし」

水雷長が、声を張り上げた。

「野分」は、武者ぶるいした。ようやく、駆逐艦として戦う武器を得た。水雷関係員が勢い込むのは当然としても、砲術科員も、信号員も、機関員も、みな生き返ったようになった。これで勝つ手を持ったという充足感からか、あるいは駆逐艦乗りだから、魚雷を撃たねば死んでも死にきれないという執念からか。

だから彼らは、重巡の後方、距離一万二〇〇〇メートルに戦艦二隻が出現し、重巡のそれより遥かに危険な、巨大な水柱を噴き上げても、恐れなかった。「香取」「舞風」が、動けないまま、燃えながら、一隻はいよいよ左に傾き、艦橋と前檣を、ほとんど原型をとどめないまでに打ち壊され、後檣のデリックが、ちょうど左舷後部に水上機が帰って来、それを揚収しようとでもしているように左に真横に振れ回っており、一隻は前部砲塔が、甲板の上でなく、水面にジカに置かれているように見えるほど前部を下げていながら、それでも生きている砲は、少しも気落ちしておらず、はげしく撃ちつづけている凄烈さを見ても、またその二隻が、ひき続き水柱の白い林にとらえられて、あと数分を出ないで沈むだろうと誰の目にも明らかになっても、「野分」は、たじろがなかった。

「右魚雷機。右六〇度、敵の戦艦——」

西川艦長は、突撃する。

彼は、面舵をとり、水柱の中を突進する。「香取」と「舞風」の間をぬって、グッと艦首をもち上げ艦尾に長い白い大きなウェーキを曳き、敵重巡と戦艦に向かって距離をつめる。すこし斜めに後ろに傾いた大きな二本の煙突からは、重油の完全燃焼を示すかげろうが、空に噴き上げ、たちまち横に吹き飛ばされて消える。

艦橋に、緊張がはりつめる。西川艦長は、敵艦の出現を見て、「野分」一隻をひっ下げ、これに挑戦することを選んだ。敵を見て、たとえ敵が圧倒的に強大であっても、これに対抗する武器を持っている限り、一戦を挑むのは武人の名誉であり責務である。ただし、その命中率を上げるため、いま、敵に突撃していることは、彼にとり、「野分」にとって、大きな賭けであった。

距離を縮めれば、魚雷の命中率も高くなるが、同時に敵弾の命中率も高くなる。あるいは、どんなことで敵戦艦の主砲砲弾が「野分」に命中し、「野分」が魚雷を発射する前に、轟沈する運命に遭うかもしれなかった。

戦艦の三六センチや四〇センチの砲弾に直撃されると、駆逐艦はひとたまりもない。戦艦の主砲砲弾に耐えるように造られているのは戦艦だけである。駆逐艦のペコペコの船体など、どんな大砲で撃たれても貫通される。鎧兜をかなぐり捨て、ハダカのまま、太刀一本を腰にブチ込んで突っ込んでいった昔の倭寇《わこう》の姿そのままが、駆逐艦の姿であり、駆逐艦乗りの覚悟であった。

確か日清戦争のとき、敵に突撃していた軽快艦艇の艦長が、「総員死にかた用意」という号令をかけたと、西川艦長は何かの本で読んだことがある。（まったく、そのとおりだナ）と、かれは思った。

部下を一人も死なせずに、大物を撃ち沈めるのが、理想であり、指揮官として誰でも願うことだが、相手が戦艦二隻、重巡二隻、しかも昼間の戦闘では、そんなゼイタクはいっていられなかった。とにかく、敵に撃たれるより前に撃つことである。

「まだまだ」

水雷長が、さかんに催促するのに対して、西川はかたくなに首を振る。敵との距離が、一万一〇〇〇メートルになったら撃つハラである。敵弾がとかく頭の上を飛び越して、ウェーキのあたりに遅れて落下しているのが、西川艦長のツケ目であった。艦首を真っすぐ敵に向けて突進しているので、敵からすれば、目標の幅が狭い上に、距離の変化が異常に大きい。何ノットを出して「野分」がとび込んで来ているか、測距による以外、見当をつけかねるはずである。

「発射はじめ」

彼は、一万一〇〇〇メートルの声を聞くと、祈る気持ちで、号令をかけた。続いて取舵をとり、大きく左へターンした。いままで、船団護衛や陸兵輸送ばかりで、魚雷を一度も撃つ機会に遭わなかった水雷科員たちは、この腕を見よ、といわぬばかりの身のこなしで、流れるように駆け回り、呼び合って、五秒間隔で魚雷八本を撃ちつづけた。

機を失せず、「野分」は、煙幕を張り、退避をはじめた。そのとき、カッと閃光が目を射ると同時に、すさまじい轟音と震動が、「野分」を包んだ。

「後部だ」

西川が、防火、防水の号令をかけ、機関科に安否を問い合わせたときには、水雷長は、もう艦橋を駆け降りて、後部マストの方に走っていた。

機関室は、幸いなことに、異状なかった。

射撃位置が近く、斜めに右舷から左舷へ走った中口径砲弾二発が、一発は後部二番砲塔に命中炸裂し、一発は二番煙突のすぐ後にある後部操舵所に直撃して、炸裂しないまま海中に突ッ込み、至近弾の破片を左舷舷側一帯にバラまいた。後部操舵所の盲弾は、たいしたものではなかったが、二番砲塔の方がひどかった。

駆逐艦の砲塔は、砲塔とはいうものの、戦艦などが敵弾が貫通しない厚い装甲で覆ったものであるのに比べて、これはむしろ荒天でも大砲が撃てるよう鋼板で波除けをつけたといった方がわかりよいほどのもの。二〇センチ砲弾にとび込まれては、もとよりひとたまりもない。砲員は、全員即死。砲身は台座ぐるみ吹き飛ばされ、火が台座のあたりをはい回っているのを、後部員が死にもの狂いで消していた。

しかし、機械が異状なくフル回転できるのが天佑だった。「野分」は、濃密な煙幕を空いっぱいに展張しながら、右へ左へ、ジグザグに走りながら逃げた。全速で三五ノットは出るはずだが、もう三ヵ月も母港を出てからたっているので、艦底が汚れ、三〇ノットが精いっぱいだ。その上に、避弾運動でジグザグに走るから、敵重巡を振り切るのは、たいへんな仕事である。

ところが、「野分」の撃った魚雷が、敵部隊に達したと思われるころ、敵の隊列が急に乱れ、砲弾がパッタリ来なくなった。つい数分前までは、相当に正確な弾着が、艦の前後左右を、近く遠く取り巻いていたのに、不思議なほど水柱が立たなくなった。

「魚雷はどうだ」

西川艦長が聞くと、渡辺上曹が、

「煙幕で見えません」

と、どうしようもないように答えた。

「『香取』、『舞風』は見えんか」

艦長は、二者択一を迫られた。煙幕をやめるかどうか——。

昼間雷撃は、よほどの幸運に恵まれない限り、回避されてしまうものである。恐らく敵は、回避のために射撃を中止したのではないか。そうだとすれば、回避を終わると、また追っかけてくるだろう。そのときに、煙幕のカクレミノを脱いでしまっていることは、損である。

だが、とにかく敵の状況をつかまないでは、どうすることもできなかった。

「煙幕やめ」

煙幕の晴れるのを待って、渡辺上曹に見せると、敵艦四隻は、まだ隊列を乱したまま、遠く、右往左往していた。そして、さかんに、もはや一団の煙としか見えない「香取」と「舞風」に向かって砲撃していた。距離はもう、二万メートル近くに離れていた。西川は、「香取」と「舞風」に、手を合わせたい気持ちだった。二隻が沈む前に、魚雷を撃ったのに違いなかった。いや、あの艦長ならば、あの乗員ならば、魚雷を撃たないで沈んでいくはずはなかった。

彼は、煙幕をやめたまま、しばらく走った。幸いなことに、二番砲塔の火災は、鎮火した。勇敢な兵たちが、赤熱して、いまにも爆発しそうな弾薬を、抱えて海に棄てた話が、艦橋に戻ってきた水雷長の口から伝えられた。戦死一二名、負傷者一七名。ほとんど一発の砲弾で、彼の部下が、これだけ死に、負傷したのであった。

彼はすぐにも治療室にとんでいきたかった。しかし、「野分」には、まだしなければならない仕事があった。

「香取」、「舞風」は、もう見えなくなっていた。敵も、あきらめたのか、踵《きびす》を返して、引き揚げていた。

「引き返す。溺者救助用意」

そう命じて、「野分」は、「香取」、「舞風」の沈没現場に引き返し、泳いでいる生存者の救助にかかった。生存者は、驚くほど少なかった。二隻とも艦長は艦と運命をともにしたとみえて、生存者のなかにはいなかった。

「舞風」の狭山艦長は、西川の二つ上のクラスであった。海軍兵学校のころ、六尺もあろうという大きな身体で、それでいてシンから人がよく、象のような目をして笑う表情が、いまでも思い出された。

重油のなかを泳いで、真っ黒になり、なかには火傷を負っている者も交じって、疲れ切った彼らを救い上げた後甲板は、酸鼻を極めていた。とくにその五〇人近い生存者が、めちゃめちゃに壊され、鋼鉄がギザギザになった二番砲塔の廃墟を前に、呆然としている光景は、地獄とはこんなものなのかと、唇をかむ思いだった。

「一人も残すな。よく探せ」

西川は、後甲板から艦橋に戻ってきて、押さえかねた気持ちをそのまま、鋭く命じた。『葉隠れ』ではないが、武士道は死ぬことと見つけたり、などといっていられるうちが花である。死とは、そんなノンビリしたものではない。生きている者が、どんな犠牲を払っても死にかけた者を救い出さねばならぬものであった。彼は、心のなかで怒り狂っていた。恐らく敵潜水艦が、このあたりにウロついているだろうが、襲うなら襲ってみろ、といいたかった。ただ、彼が駆逐艦「野分」艦長であり、もし彼が、自分の思うままな振る舞いをしたならば、彼の部下、戦死した部下を差し引いた二二四人が、同じような死の脅威にさらされるに相違ないと考えて、渾身の力で自分の心をねじ伏せるのだった。

「野分」は、しばらく、そのあたりを走り回った。ときどき、ストップして、慎重に敵潜水艦を、探信儀で測った。あるいは、敵味方が混交するのを避けるためであろうか、敵潜水艦はいないようだった。いや、測ることができなかったといった方が、正確であったろう。

西川は、夕方近くなるまでネバって、生存者が一人も残っていないことを確かめ、北水道からトラックに帰り、「野分」の負傷者と「香取」、「舞風」の負傷者を夏島の病院に送った。

夜は、いつものように更けていたが、夏島の形相は、夜目にもすさまじかった。重油タンクの燃え上がる火焔が、怪異な姿の夏島の山を赤く染め、昼間ならば濛々天に冲するとしか見えない重油の黒煙が、火光を映して、紅蓮《ぐれん》としかいいようのないすごさとすさまじさを、見せていた。

「これはいかん。軍医長。負傷者を病院に送ったらすぐ本艦に引き返してくれ。オレは、司令部にいって、用事すみ次第帰る」

西川は、桟橋にとび移り、艇長に、内火艇一隻を残して本艦に帰り、残った一隻は、軍医長を待っていったん本艦に帰り、すぐ引き返してこの桟橋で私を待てと、手短に命ずると、小走りに四艦隊司令部に急いだ。

あたりは、惨憺としかいいようのない光景を呈していた。よくここまで破壊されたものである。建物という建物は、壊れていないものを数えた方が早いくらい、打ち倒されていた。火事場の異臭が、鼻をつき、司令部までの近い道ながら、どこがその道なのか、とまどうほどの変わりようであった。

飛行場はどうなったろう――。

それが心配であった。飛行機は二〇〇機もいたが、搭乗員が上陸していたことが気にかかった。

司令部の建物は、やられていなかった。とび込んで河井参謀を探し出した。

「生きとったか」

と、一日でゲッソリ痩せた河井中佐が、呼びかけてきた。

「えらいことになったぞ。『香取』と『舞風』は沈んだそうだな。トラックはもう、基地としての価値を失ったぞ」

二つの話が、言葉のなかに不気味に混線していたが、それがおかしいどころか、事の重大さを、そのまま物語っていた。

「飛行機が空戦で七〇機、地上で二〇〇機やられた。二七〇機だ。もしかすると三〇〇機以上かもしれん。残った可動機は四機、たった四機、それも春島基地の艦攻だけだ。それより艦船がひどい。沈没艦艇は『香取』、『舞風』を含めて一一隻、損傷艦艇一一隻、沈没輸送船三二隻、二〇万トン。この輸送船がコタえた。第三図南丸、神国丸、富士山などの優秀タンカーが五隻、貨物船一一隻、貨客船九隻、それに仮装巡洋艦クラスの大型客船りおでじゃねいろ丸、平安丸、浸国丸、赤城丸、清澄丸などの巨船が七隻、船が足りんというのに、この二〇万トンは、恐らく日本の運命を決するかもしれんほどの打撃だ。油?――重油タンクが燃えて、燃料一万七〇〇〇トンが消えているよ。食糧も二〇〇〇トンやられた。戦死六〇〇名、港外で沈んだものは、数に入っていない。まさしく、トラックの機能は失われた。もう、単なる島だ、基地じゃない……」

西川は、息がつまりそうに感じた。河井中佐の話を、それ以上、聞いていられない胸苦しさを覚えた。河井の憑《つ》かれたように喋りたてる内容があまりにもショッキングであったせいか、あるいは、近くの重油タンクの炎上で、異臭のガスが、この建物のなかにまで襲っていたせいか。

　中部太平洋――というより、東正面に対する本土防衛の最大拠点が一日にして廃墟になった。富士山が、一夜にして平らになったのと同じである。いや、平坦になったのでなく、逆にそれだけの凹みができた。真空である。富士山を再び築くことはできないにしても、この凹みは一刻も早く埋めねばならない。そうしないと、敵に衝かれる。真空地帯に上陸するのは、きわめて簡単で、しかも容易だ。

　連合艦隊司令長官から、午後、立てつづけの命令がとんでいた。ラバウルにあった第一航空艦隊陸攻隊、艦攻隊をはじめ、移動可能全機をトラックに移す。ニューギニアにあった十三航艦の二つの航空隊をトラックへ。虎の子の第一航空艦隊、そのうちでも練度の高い方の六十一航戦をマリアナへ。そして、第二艦隊（重巡基幹部隊）をトラック方面の戦況に即応できるように待機することが命ぜられた。

そこへ、参謀長松浦少将が、ずかずかと入ってきた。いつもの神経質な表情を、いっそうイライラさせて、カミつくようにまくし立てた。

「おい、西川君。トラックにはもう君ンとこを修理する施設はないぞ。あっても、そこまで手は回らん。横須賀に帰れ。こうなると、浮いとる船は、一隻でも貴重品だ。燃料はあるな。よし。グズグズせずに、すぐ出ろ」

西川は、追い立てられるようにして、桟橋に戻った。迎えの内火艇が待っていた。

「軍医長は帰ったか。――よし。すぐ離せ」

そういって、イモムシのような小さな内火艇にとび乗ると、ケビンのなかに入らず、座席の上に立った。上半身を外に出し、あとに去る夏島の、まだ燃えている重油タンクの火焔を、あたかも日本の運命を暗示する業火のように見て、ブルッと身震いした。いや、それよりもその赤い火の色に染まって、闇からボウッと浮いた、そのあたりにマストを出し、赤腹を出して沈んでいる何隻もの船の残骸の方に、もっと鬼気迫るものがあった。

内火艇が走るにつれて、遠くの船、近くの船の、マストや煙突や、船体の一部などが、赤くからみ合い、黒々と横たわり、内火艇のウェーキが近くの残骸の水際にぶつかって、夜光虫が光り、それが蒼白く、ぼんやりした一文字を描いて、船の墓場の、人一人いない荒涼とした夜を、いっそう不気味にしていた。

彼は、野分に帰ると、すぐ出港準備を命じ、夜のうちにトラックを出た。

北水道を抜け、洋上に滑り出したあと、敵潜水艦の出現を心待ちにしたが、まったく音沙汰もなかった。

夜の暗さが、艦橋の腰かけによりかかり、前を凝視している彼の表情を見えにくくしていた。彼は、心の整理に、ひとり苦悶していた。ショックがあまりにも大きかった。敵と命がけで渡り合いたいと思った。戦死した部下一二人の顔が、闇に浮かんでは消えた。胸が痛んだ。彼らの死を、無にしてはいかんと反芻《はんすう》した。が、その決意も、夏島の重油タンクの燃える火の色と、船の墓場から湧き出す鬼火に、ともすれば圧しつぶされそうになるのを、どうすることもできなかった。

第四章　一人でも多く救助するのだ

昭和十九年二月十四日、暑熱の南方に慣れた「野分」は、冬の横須賀に身震いしながら着くと、両手を引っぱられるようにして、その場からドックに入れられた。突貫作業で修理する。修理期間二週間。三月なかばに新任務につく予定だから、どうあってもそれに間に合わせなければならないという。

二番砲塔と後部操舵所をやられている。これを復元するには、二、三ヵ月はゆうにかかる。砲塔そのものは、たとえばユニット交換ができても、砲塔を乗せる台座がもしひどくゆがんでいたら、大修理になる。二、三ヵ月ではすまなくなる。

「下士官兵の休暇はどうしましょう。三日くらいじゃどうでしょうか」

先任将校の水雷長が、伺いを立ててきた。

休暇はやりたいし、砲塔の修理は心配だし、三月十日までには出撃準備を完了せよという命令が出ているので、是が非でもそれに間に合わせねばならぬとなると、工廠に艦側から手伝いを出しても、やりとげねばならなかった。そうすると、一人でも多くの手が欲しくなる。しかし、船体のヒズミはないと検査官が言ったので、西川も先任将校に賛成した。戦争である。もう内地に帰れないかもしれない。一日でもいい。家族に元気な顔を見せて来いと伝えさせた。

「准士官以上も、代わりあって休暇をとったらどうだ」

「ありがとうございます。じゃ、適宜に――」

水雷長がピョコンと頭を下げるのに、

「ここで帰っとかんと、化けて出るとき、行く先を間違えると困るからな」

と、笑ってみせた。

工廠の突貫作業は、まったく、すさまじいものであった。文字どおり、少しの休みもない昼夜兼行。確かに駆逐艦が、いま、貴重品であることはわかるが、それ以上、作業員の体力や健康の限界を超えた、なにか死にものぐるいの凄絶さがあった。誤ってクレーンに手を挟まれても、もしクレーンを外すのに時間がかかるのであれば、顔色一つ変えずに自分の手を切り落とすのではないかと、むしろ西川の方がゾッとするほどの雰囲気であった。

担当の技術士官が、過労のため倒れたという話を、聞いた。ガダルカナル攻防戦がはじまって以来、一年半、工廠は、まったく休むヒマもないのだ、とも聞いた。戦争の形こそ違え、こここそ、ガダルカナル、トラック以上の激戦地であった。「野分」の下士官兵たちが、また子供にかえったようにニコニコして、休暇に出ていくのが、申し訳ないとしか見えない入渠修理の熱気であった。

西川少佐は、一日、早朝から艦を出て、東京に向かった。艦のことは工廠にまかすよりなかった。水雷長山本大尉が帰艦したのをしおに、軍令部、海軍省に顔を出そうと計画した。

横須賀から新橋に出て、そこから霞ヶ関まで歩いた。

「よう、西川。生きていたか」

海軍省のそばで、不意に声をかけられた。

背広姿の同クラスの友江中佐だった。

「戦地帰りの連中が、軍令部は自宅からいままでも通勤したりしおって、けしからんというが、役所には寝るところも飯食う設備もない。あらかじめ断わっておくぞ」

頭のいい男らしく、クルクルと気をまわして喋り、おれンとこに来いという。ほかを回って、そっちにいくと約束し、海軍省の赤レンガの建物の玄関先で別れ、人事局、軍務局をすませて、昼すぎ、友江中佐のいる軍令部作戦課に行った。

「容易ならんことになったぞ。貴様にまた一働きやってもらわにゃならん」

と友江参謀は、図をひろげていった。

「策定された絶対国防圏は、千島、小笠原、マリアナ、トラック、西部ニューギニア、スンダ、ビルマを含む区域となっているが、そのトラックがやられて、トラックは前進基地としての機能を失ってしまった。太平洋唯一、最大の前進基地を一挙に失ったのだから、艦船のことは別としても、わが方としては、これを再建するか、捨てて後退するか、二つに一つの判決を迫られたわけだ。

もちろん、トラックを捨てることはできない。そんなことをしたら、敵はすぐにマリアナ、カロリンにかかってくる。トラックを敵の手に渡したら、絶対国防圏は一挙に崩壊する。

どうあっても、トラックで防ぎ止めねばならんのだが、トラックの飛行場はムキ出しで、マーシャルやラバウルよりも設備が劣る。だから、爆撃されると、一網打尽になる。飛行場の設備をととのえて、所在飛行機を三〇〇機にまでもっていくには、相当の日数がかかる。

ところが、トラック空襲から五日目に、敵がマリアナに来た。最悪の日だった。トラックをやられて、空白を大至急埋めるために、練成途上の六十一航空戦隊をマリアナに急速進出させた。進出させたばかりで、まだ攻撃に全力を集中できるところまできていなかった。戦闘機隊が、まだ十分に進出していなかった。それが、マトモに敵機動部隊の空襲をクラった。結果は、味方飛行機隊ほとんど全滅だ」

西川は呆然となった。トラックの大空襲を受けて、あの燃え上がる基地をあとに内地に帰ってきたその横須賀入港一日前に、こんどはマリアナが襲われ、虎の子の一航艦、そのなかでも練度の高い方の半分が、ほとんど全滅してしまっていたのだ。なんということだ。

「幸い、マリアナは、トラックと違って、陸上施設はあまりやられなかった。陸上施設といっても、実は、たいしたものじゃない。マリアナの防備は、まったく強化不十分なのだが、それよりもラバウルが大事だというので、ラバウル増強に全力をあげてきた。ラバウル、マーシャルへの補給と増強の基地が、トラックだった。マリアナを守るための前進基地の強化に全力をあげた。日本の国力、つまり生産力と、それを運ぶ船腹が少ないので、二ヵ所、三ヵ所の同時増強はできない。さあ、こうなると、トラックを後退するか、増強するかなどと、ゼイタクなことを考えてはいられない。トラックかマリアナかの二者択一に追いつめられた。けっきょく、二月二十一日、総長と大臣を一人で兼任するという非常手段で、船腹を増徴し、マリアナに陸軍部隊を増強することにした。もっともこれは条件付きで、この緊急輸送は、東條首相兼参謀総長が一船一船握っていて、途中でウマくいかんと見たら、すぐにでもストップさせる、というのだ。そこでだ。この緊急輸送の護衛を、貴様にやってもらう。ぜひともこの緊急輸送は、成功させなきゃならん。やっぱり海軍はダメじゃないか、といわせたくない」

「それで、『野分』の突貫工事か」

「そうだ。もし大砲の換装が間に合わなけりゃ、大砲なしでいってくれ。出港は、木更津が三月十二日だ。これは動かせん」

「指揮官は」

「十一水戦司令官だ。旗艦は軽巡『龍田』。輸送船一二隻。護衛隊は『龍田』を含めて九隻。『野分』が、そのなかでいちばん新鋭の、唯一の強力艦だ。『野分』が加わらんと、護衛隊が成り立たんのだ。頼むぞ」

いくら頼まれても、できることしかできない。戦場を往来し、十分、硝煙のムッとする臭いをかいできた西川としては、どうにも、大本営のなかで、机に座り、毎日自宅から通勤しているこの海軍大学校優等卒業生の考えかたには、長広舌のなかに、別世界のひびきさえ嗅ぎとられた。だからといって、このマリアナ緊急輸送は、日本の国運を左右する。ぜひとも成功させねばならぬ。彼自身もそう考えた。

よし、やろう――と決心したとき、駆逐艦長としての彼は、即座に、敵潜水艦、飛行機の妨害、攻撃に対して、部下三百余名の生死を賭けねばならなかった。日本の国運を支えるために軍人がある以上、それに直接結びついてこの緊急輸送いわゆる「東松二号船団」の輸送を無事に終わらせるのは義務であるし、そのために生命を投げ出すのは、やむを得ないものであった。

トラック要塞のまわりにも、敵は潜水艦を待ち伏せさせた。戦艦「大和」がやられ、重巡「阿賀野」がやられた。「大和」の場合は、さすがに擦り傷程度ですんだが、「阿賀野」の場合はそうはいかなかった。十八年十一月五日のラバウル空襲で至近弾数発を受け、応急処置をしてトラックに回航中、潜水艦の魚雷を受けて艦尾を切られ、造船技術者たちの努力でようやく航海できるようになり、二月十六日早朝トラック出港、内地に向かった矢先、トラック北方で再び潜水艦の雷撃を受けて沈没、乗員の大部分が戦死してしまった。

恐らく、こんどの緊急輸送では、惨憺たる結果になるであろう。ガダルカナルの二の舞で、輸送船を沈められ、重火器を海没させて、ほとんど着たきりスズメになった陸兵が、マリアナに上陸するのではなかろうか。

駆逐艦が潜水艦にやられる悲劇が、ガダルカナルこのかた続いていた。どうにも、解決できない。それと同時に、商船が、コワいほど沈められた。

「二月は一一五隻、五二万トン沈んだ。二月初めの保有船腹が五〇〇万トンだから、一割強に当たる。うちトラックで沈んだのが二〇万トン、潜水艦でやられたのが二六万トン、五四隻。どうしようもない。だからこんどのマリアナ緊急作戦輸送には、思い切った手を打つ。商船一二隻の大船団輸送だ。護衛艦も九隻。中攻五機、飛行艇三機、艦攻六機で特別哨戒部隊をつくって警戒に任ずる。軍令部作戦課、人事局も全面的に協力する。指揮官は応召大佐でなく、水雷戦隊司令官を当てる。優秀な幕僚を出して、万遺漏ないようにやる」

「結構な話だ。一隻や二隻の護衛艦をつけたって、守りきれない。最低三隻は要る」

「そうはわかっていても、なかなか踏み切れん。護衛艦を多くすると、自然、船団を大きくしなければならん。護衛艦の数が少ないのだから、しかたがない。すると、船待ちが多くなるから、稼動率が落ちる。今までは、稼動率が落ちるから、大船団をつくるのは反対だ、被害が多少ふえても、稼動率を上げた方がよい、といって、押し切られてきた。目先のことしか見ないんだよ。二、三隻の船団に、一隻の護衛艦をつけて、敵潜水艦に狙い撃ちされてきた。稼動率が上がることと、沈められないことと、どっちが大切なのか。こうドンドンやられて、背中に火がついてこないと、ズルズルとその日暮らしが改まらん。

絶対国防圏の構築についても同じことがいえる。カロリン、マリアナの線を絶対国防圏と決めて、そこに金城鉄壁を築くために、十八年十月、船腹二五万トンを増徴した。ところが海軍は、その船で、海軍手持ちの軍需品や軍隊の九割がたをカロリン、マリアナを素通りしてソロモンとラバウルに運んだ。そのときの火事場に防備を固めようとする。そこで一七隻約九万トンの船を失った。いま、ほんとうにカロリン、マリアナに火がつきそうになって、改めて見直すと、そこには何も防備がしてない。陸軍からは、あの二五万トンの船はどうしたんだ。海軍は外から内に向かって防備を固めようとするが、それだからダメなんだ。内から外にすべきだ。いっそマリアナなんか放棄しちまえ、という強談判すら出てくる。海軍を信用しなくなったのだ。悪いことに、カロリン、マリアナの犠牲において、せっせと防備を固めたそのソロモンは陥ち、ラバウルは孤立して、手も足も出なくなっている。海軍としては、だから、面目にかけても、この緊急作戦輸送を成しとげねばならぬことになる」

「まずいな」

と西川が、憮然とすると、友江は、頭を振りながら、

「まったくまずい。ときどき、おれもフッと思うのだが、作戦計画を立てておりながら、どうにもならぬカベにぶつかる。こうやればいい、ここではこうやらねばならぬと確信を持っていても、それを、着想の段階から具体化していく間に、右と左にカベが出てきて、しょうことなしに前に進んでいると、実は旧態依然とした、その日暮らし的な、飛躍の少しもない、ドンヨリとした作戦行動にしかならなくなっている。ガッカリするというより、ゾッとするよ。これを動脈硬化というのかなあ、と思ったりする。だれがどうだというのではなく、みんなが少しずつそうなのだ。その少しずつのものが、組織されると、その組織を抜けていくうちに、とんでもないものになってしまう。やあ、おればかり喋っていてもしようがない。貴様の手柄話を聞かせてもらおう。クラスのやつに召集かけておいた。時間はとらせん。物資も相当窮屈になってるときではあるが、サケだけはあるぞ――」

「おもーかーじ」

と号令をかけて、コンパスの後ろに立ち、西川は、ほの暗い海に、久しぶりの海の香に喜びを感じた。

「戻せえ。ようそろ。『龍田』のあとに入れ」

操舵員にそう命じて、当直将校の伊藤砲術長を見、

「じゃ、願います」

といって、艦橋の右前のすみにある腰かけに腰を下ろした。

木更津から、「東松二号船団」一二隻と乙直接護衛隊九隻が、出撃した。昭和十九年三月十二日午前四時であった。

「野分」は、友江軍令部参謀がいったように、この護衛隊のなかで、最強力の艦であった。横須賀工廠での突貫作業が効を奏して、二番一二・七センチ砲塔の換装が終わっただけでなく、船底のカキや汚れも落ち、船脚がスイスイ伸びる。

「野分」にとっては、万々歳であった。そして乗員は、すべて三日ずつの休暇をもらい、なんとなく皆上機嫌であった。西川だけが、休暇をとらなかった。とる気がしなかった。工廠の工員たちが、あまりにも必死な努力を傾けつくしているのを見ると、彼らの眼前から艦長の姿を消すのがはばかられた。医者の手術と看護を受けている患者が、ベッドから姿を消すわけにはいかないのと同じである。西川にとって、野分は、彼そのものであったのだ。

もっとも、彼の場合、家族は横須賀にいたから、別に休暇をとらなくても、高望みさえしなければ問題はなかった。戦争中、軍人であるものが、高望みをすること自体、不謹慎だと彼は考えていた。

砲術長と軍医長が、こんどの休暇で、結婚相手を決めてきた。いいことだと、西川は賛成した。この戦争は、日本をあげての戦いであり、軍人が生きて帰ろうなどとは予期できない、最終戦争である。老若男女の区別なく、いやしくも日本国民である限り、戦いに巻き込まれる。未亡人も数え切れぬほどできるだろう。しかし、その運命を甘んじて受けいれ、それを乗り越えて生きていかねばならぬキビしさが要請される。人に頼ったり、甘えたりしてはいられぬ。そのくらい、この戦争は、手ひどい、キビしいものだと、かれは見ていた。

だからこそ彼は、味方同志という連帯感で、みんなが互いに助け合い、力になり合い、敵というものを向こうにまわして、生き残るために戦わねばならぬと信じていた。

だれが起こした戦争——というわけではない。またたれが、この戦争を牛耳っている、というわけでもない。人間の力ではどうにもならない、なにか恐るべき巨大なマスの、ドロッとしたエネルギー体が、動いている。それは、米内・山本のコンビが頑張っても、どうにもならなかったものであり、飛行機と駆逐艦が孤軍奮闘しているのに、戦艦を遊兵として広島湾に無聊をかこたせたものであり、商船の稼動率を高めることに熱中して、大船団編成を無視させたものであり、ソロモン、ラバウル強化に夢中になり、カロリン、マリアナの防備固めを忘れさせたものであった。

このドロドロしたものは、なにかモノすごい衝撃を受けないと、体勢を変えない。二月のトラック空襲、マリアナ空襲を受けて、初めてカロリン、マリアナに対する緊急作戦輸送が計画され、同じ月に手持ち船腹の一割強を撃沈されて、初めて海軍に海上護衛総司令部がつくられ、船団護衛に重点をおくこととなり、ミッドウェーで惨敗し、その後度重なる米高速空母機動部隊の襲撃を受け、それ以外に勝つ手がないと誰の目にも明らかになって、初めて空母中心の、戦艦がその直接護衛にあたる機動部隊ができた。

反応が遅いから、準備不足の段階で動かねばならず、実際に行動するときは、すでに時機を失し、あるいは、ギリギリの土壇場で動かねばならなくなり、そこで異常な切迫感と悲壮感が、人々の心を支配して、ムリな実施となり、成功するはずのものまで不成功にした。

六時半すぎ、東京湾を通り抜け、洲ノ崎灯台を左に見て、外洋に出た。潜水艦の来襲を予期して、そこから之字運動（ジグザグ運動）をはじめた。

戦闘がはじまり、負傷者が続出するときのほかは、いつでも忙しさとヒマさとが、士官たちと逆になる軍医長が、艦橋に来て、ノンビリと之字運動をする船団を観賞していた。

「まだ日本にも船があったんですな」

と、柳河丸一隻が三〇〇〇トン級のほか、あとの一一隻は五〇〇〇トンから七〇〇〇トン級の商船がズラリと船団を組んで、海を圧し、大きなウネリに乗って一上一下しながら、いっせいに右に、左に、舵をとりながら進むのを、感に堪えぬように眺めていった。船団のまわりを取り囲む九隻の護衛艦が、「海風」のほかは皆旧い艦で、四〇〇〇トンの「龍田」、一四〇〇トンの二等駆逐艦「朝凪」「夕凪」、一四五〇トンの「卯月」、一〇〇〇トンの海防艦「平戸」、七五〇トンの二〇号掃海艇、同じく七五〇トンの敷設艦「測天」「巨済」の八隻。十一水雷戦隊司令官の少将旗をマストにひるがえした「龍田」はともかく、どれもみな小さな艦で、いささか心もとないのが玉にキズだが、輸送船にいっぱい乗せられている陸軍部隊にとってみれば、恐らく心強い護衛に見えているのであろう。

いつもの豊田軍医中尉ならば、かならず一言や二言、皮肉な評言を吐くのだが、彼は腕を組んで、黙々と、房総半島を背景に碁盤目のように三列縦隊をつくった船団を見つめていた。しばらくそうしていたが、彼は、ふと、独り言ともつかず、

「こんなことで、これだけの人間を運んでいって、役に立つんですかなあ。マリアナがこれで守れるのかなあ。なんか、ヒドくバカなことをしているような気がする」

あとは、ブツブツと口のなかで呟いていた。

西川は、チラと軍医長を見て、そのまま視線を前に戻しながら、言った。

「さあ、そういわれると答えにくい。陸軍ではマリアナ防衛のために三十一軍を新しくつくった。陸軍の方が積極的で、半月前に、自分の持ち船三隻に満州にあった二十九師団を乗せて、宇品からサイパンに送った。三十二駆逐隊の新しい駆逐艦三隻が護衛していった。沖縄のへんで輸送船一隻が敵機にやられ、一個連隊の半数が助からなかったが、その敵潜は駆逐艦がすぐに反撃撃沈した。その次がこの松輸送だ。これで一八個大隊を基幹とする陸軍部隊を送る。われわれ東松二号船団は、特別に重要視されている。横須賀鎮守府での第一回打ち合わせには軍令部作戦部長、海上護衛参謀副長、十一水戦司令官など、お歴々が出ていたし、二回目は通信関係、三回目は航空関係と、えらい至れりつくせりだった。まあ、ここで初め

て、陸海軍が本腰を入れてカロリン、マリアナ防備強化に乗り出したことになる。カロリン、マリアナでの日米遭遇戦だよ。早くたどりついた方が勝ちだ」

彼は、ここで、護衛総司令部の参謀が喋ったサイパン防備の現状を、言ったものかどうか、迷った。二月二十三日だから、二十日あまり前になるが、その時、参謀自身の目で、サイパンには高角砲一門すらないことを見てきていた。

「どうしてこんなに、全部がチグハグなんですかね」

「世の中は、そんなものさ」

「いや、無害なチグハグならいいんですよ。こんど、休暇もらって東京にいってきたんですがね。カロリン、マリアナ遭遇戦なんて雰囲気じゃない。標語攻勢によるムードづくりのタケナワです。欲しがりません勝つまでは、なんて傑作が、日劇のカベにデカデカと貼ってありました。私はね、この戦争には負けてもいいと思ってるんです」

「ほう」

西川も、ちょっと度胆を抜かれた。伊藤砲術長の、ジロリと軍医長を振り返った険しい目が、印象的だった。

「ただし、条件があります。日本人全部が、全部はムリでも大部分が、この戦争に何か役に立つための努力をして、それでもダメだったなら負けてもいい……」

「じゃ君は、日本人が努力してないというのかね」

「してます。しかしチグハグです。悪意のないチグハグです。戦争がどうなっているのか、知りません。どうすれば戦争に役に立つのかも知りません。教えられなくても、事実がわかっていれば、工夫することができるんですが。トラック空襲でも、内輪の損害しか出していない。なにも損害を全部サラケ出して、敵に知らせる必要はないが、地上施設に若干の損害ありというだけでは、トラック空襲の一番大切なところがわからない」

「サイレント・ネイヴィというわけで、話すことはヘタだからなあ、海軍は」

「話すだけじゃダメで、わからせることができなければいかんのです」

「問答無用、撃て、ですよ」

砲術長が割り込んだ。

確かに、チグハグなことは、西川も認めていた。軍令部の友江中佐が音頭をとって、新橋の小料理屋の奥まった部屋で、クラス会をやったが、これは特別ですよと断わりながら、相当の品が並び、酒とウィスキーが運ばれた。それは商売柄、どこからか都合したものだろうから、それでいいとしても、問題は座の雰囲気だった。西川自身、自分がカタブツだとは思っていないし、人間、ときには息抜きを必要とすることは承知していたが、ソロモンからトラックにかけての戦闘を経験し、部下を死なせた者としては、どうにも、長居ができなかった。

もしマリアナが敵の手に陥ちたら、本土は敵機の行動圏内に入るが、そのときでもこの雰囲気は変わらないのか。爆弾や焼夷弾の雨を浴びながら、ビジネス・アズ・ユージュアルで、少しも平生と変わらないとすれば、それは歴史に残すべき国民の心意気だが——と、かれは外に出て、苦かった酒の味を思いながら、新橋駅に向かったものだった。

「艦長、電報をお届けします」

電信取次の二等水兵が、艦橋に電報綴《つづり》を持って来た。胸には、後藤と書いた名札をつけている。

「よし」

と西川は手を伸ばして電報綴を受けとり、

「どうだ、後藤二水。休暇でクニに帰ったか」

と聞いた。

「ハイ」

「ご両親はお元気か」

「ハイ」

と、嬉しそうな、しかしマブシそうな表情をつくった。

「面倒は、誰が見ておられる」

「姉がおります」

「そうか。安心だな」

そういいながら、電文に目を走らせた。

「——航路付近敵潜ヲ認メズ」

と、特別哨戒部隊からの電報であった。

西川は、サインして、それを砲術長に渡した。軍医長も、肩越しに、のぞきこんだ。

「ありがたいですな。飛行機が見てくれるんだから」

砲術長が顔をほころばせた。

「確かこの中攻は、磁探を持っていたと思います」

「何だ、その磁探というのは」

軍医中尉が、オウム返しに聞く。

「磁石の大きいのですよ。翼の下に、電線をループにして、海面に近く降りていき、潜っている潜水艦の上にいくと磁場が変化して針が振れるんだそうです」

「えらいもんだな。じゃ、シラミつぶしに全部わかる——」

「そうはいかんさ」

敬礼して、足取りも軽そうに帰っていく後藤二水を目で追いながら、西川は言った。

「レーダーと違う。こちらは飛びながらスウィープしていかなきゃならん。いたらつかまえられるが、いるところの上に行かなきゃ、わからないのだ」

「なんだ」

と軍医長が言うのへ、

「そうじゃない。レーダーは水中では使えない。水中探信儀は音波だし、それほど大きな威力は今のところ持っていない。磁探は、全然別の着想だ。使いこなさなきゃならん」

「外国モノじゃないんですか」

「そうだ。すばらしい日本の発明だよ」

「早くからやりゃよかったんですな。しかし、海軍がよく中攻をそのために出しましたね」

西川艦長は、微笑んだ。まったく、決戦一点張りの軍令部や連合艦隊が、数機の中攻を、決戦部隊から船団護衛用に、よく改造させ、配属換えさせたものである。

こんなことを艦橋で、航海中に話すのは、しかし、あまりいいことではなかった。空気は和んでも、油断ができる。当直の伊藤砲術長が心得ていて、話に加わらず、見張りと操艦に緊張を弛めないからいいものの、そうでなければ、艦の運命を誤ることさえあり得た。まったく不意に、四周の海面二〇~三〇センチの高さに姿を現わし、一〇秒もたたないうちに姿を消す潜望鏡は、話に夢中になっているものの目に触れるはずはなかった。西川は、もう習い性となっていた。正面から左右に目を動かしながら話していた。軍医長は、その艦長の背中に向かって話しかけた。

ウネリがしだいに大きくなってきた。太平洋の洋心に出ると、ウネリのない日の方が珍しいのだが、前線の影響で、雲が低く、ときどきスコールに見舞われるのが気がかりだった。飛行機が飛びにくくなると、問題である。

十二日は、なにごともなく終わった――というのが当たっていたかどうか。暦の上では十三日になった真夜中、午前三時すぎ、不意に、左前方に火柱が高く上がった。

――やったナ。

「潜水艦をよく見張れ」

艦橋につめきっている西川が立ち上がって命じたとき、隊内電話員が叫んだ。

「龍田より、ワレ魚雷ヲ受ク」

西川は、すぐ総員を配置につけた。敵は何隻だろう。近ごろ、敵は三隻ぐらいでドイツの狼群戦法の小型のものをやっているらしいので、いささか不安であった。こうなると、船団速力八ノットという遅さが歯がゆくなる。

「『龍田』より、ワレ航行不能。船団ハ予定通リ航進セヨ。野分、近寄レ」

損害が、ひどいらしい。西川は、砲術長に代わってコンパスの後ろに立ち、すぐに第一戦速一八ノットに上げ、「野分」の所定占位位置をとび出した。とび出してすぐ、また左前方に、火柱が立った。

「輸送船魚雷命中」

渡辺上曹が発見した。

「前方に雷跡二本」

国陽丸であった。「龍田」とは比べものにならない火焔をあげて、海を赤く染めていた。

「雷跡にのる。面舵一杯。第三戦速」

そして、「龍田」に連絡すると、海防艦「平戸」と敷設艇「巨済」がスピードを上げてとんできた。敵潜水艦は一隻だろうか。こんなときの判断が、むずかしかった。一隻ならば、それにかかりきりになっても、船団は大丈夫である。一隻以上いるとすれば、あと、おルスにした船団が危険にさらされる。

「野分」は、「龍田」のところに早くいかねばならなかった。恐らく、司令官が移乗しようとしているのだろう。タイミングを外すと、あと指揮がとれなくなる。

西川は、「平戸」にあとを頼んで、燃えている「龍田」に近寄った。「卯月」が、艦尾を少しずつ下げている「龍田」のそばについていて、救助に当たっていた。

「野分」は「龍田」に近づいて、ストップした。カッターが下ろされ、勢いよく出発した。外舷後部に縄梯子を下ろした。天候が悪く、艦は灯を消しているので、作業がハカどらない。

「龍田」の火災が、遠くのタイマツ代わりになっているが、泳いでいる者には、バックライトになるだけで、「野分」の位置はわからない。西川は、決心した。

「事業灯一個を右舷に出して水面を照らせ」

艦橋では、みながハッとしたようだった。潜水艦の状況が不明なのに、事業灯を出せば闇夜の提灯になり、わざわざ「野分」の位置を敵に教えることになるだけだ。

「艦長、それでは……」

水雷長が、あわてて言いかけるのに、

「かまわん。一人でも多く救助するのだ」

とかぶせて、

「月がないから、泳いでいる者には、本艦はわかりにくいよ」

と言った。

闇夜に事業灯を出す決心は、しかし、容易なことではなかった。いやしくも船乗りならば、その「重さ」は肌に感じて知っていた。

後部で、事業灯を持つ下士官の手が、ぶるぶる震えていた。何かの拍子で、灯火が上を向こうとすると、後部で作業している先任下士官から、はげしい注意がとんだ。

早く灯を消させるためには、一刻も早く作業を終わらせねばならない。兵たちは、キビキビ働いた。重油で顔がわからぬほどになった生存者が、ぞくぞく泳ぎついた。カッターが、生存者を運んできた。十一水戦司令官たちが、「龍田」のカッターで乗り移ってきた。そして「龍田」は、艦尾から徐々に水中に消え、艦首をしばらく闇の空にそびえ立たせていたが、それもやがて水に引き込まれ、沸騰する白泡を残して、船体はまったく沈み去った。

「やられたよ、西川君。厄介になるよ」

声と一緒に、十一水戦司令官本村少将が、トレードマークのような見事な八字ヒゲを立てて、上がってきた。

「それにしても豪胆だな。敵潜水艦のおる前で事業灯をつけるとは。おかげで、泳いでいた者は皆助かったが――」

と言い、ヒョイと後部を見、事業灯が消え、艦が船団を追ってスピードを上げているのを確かめ、ホッとしたように、

「救助作業が、おかげで、非常に早く終わった。なにしろ、灯をつけておいて、おいでおいでをしてくれたんだからな」

と、西川に讃美をおくった。

そこへ、艦橋に顔を出した十一水戦先任参謀広川中佐が、また同じようなことを言って、感嘆した。

「西川。オイ、見直したぞ」

とも言った。

西川は、艦橋の暗さを幸い、ニヤニヤしていた。成功したから、豪胆といわれ、見直されたのである。もし、逆に潜水艦にやられてでもいたら、天下の大バカ野郎ということで、物笑いになるどころか、懲罰にならぬとも限らない。軍医長が聞いたら、なんと言うだろうと

思うと、ニヤニヤせざるを得なかった。

国陽丸に、陸軍部隊が乗っていなかったことは、不幸中の幸いだった。資材と船を失ったのは痛かったが、そのころの通念でいくと、それは、被害のうちには入らないほどの被害であった。

十三日、朝になって以後、十九日午後サイパン入港まで、奇蹟のように、何事も起こらなかった。サイパンに歩兵四個大隊、高射砲一個連隊、エンダービーに歩兵三個大隊、パガンに同二個大隊、グアムに同六個大隊、トラックに同三個大隊が、無事上陸を終わった。

東松二号船団は、この輸送が終わると、カラ船一三隻の船団をつくり、「野分」を含む護衛艦艇九隻で護衛、五日後の二十四日にサイパンを出、四月一日に、無事に東京湾に帰ってきた。

「野分」の参加した東松二号船団一二隻のほかに、この作戦緊急輸送は、東松一号、三号、三号特、西松一号、二号とつづき、三三隻の輸送船に満載された部隊と軍需物資がコンベヤーに乗ったように、カロリン、マリアナに、西松二号の二隻のほか全部が無事、三月末までに送り込まれた。

この敵潜水艦が跳梁している時期、商船の敵潜水艦による被害が激増している状態では、ウソのような大成功であった。

局面は、大きく転換し、戦機は、ようやく動きつつあった。二月の末から三月の初めにかけて、「野分」の士官室でも、その動きが、ヒシヒシとわかった。

一つは、連合艦隊の編制替えだった。

第一航空艦隊（基地機動航空部隊）を連合艦隊に入れ、それまで主力艦隊として、戦艦を中核にしていた第一艦隊を解隊し、第二艦隊（重巡基幹）に加え、空母を基幹とする第三艦隊と合わせて第一機動艦隊をつくる。したがって、戦艦「大和」「武蔵」「長門」は、高速戦艦「金剛」「榛名」とともに第二艦隊に入り、「愛宕」クラス四隻、「妙高」クラス二隻、「熊野」クラス二隻、「利根」クラス二隻、計一〇隻の重巡と肩を並べる。それに軽巡「能代」を旗艦とする第二水雷戦隊駆逐艦一六隻が加わる。

一方、超空母「大鳳」を旗艦とする九隻の空母が、三つの航空戦隊をつくり、軽巡「矢矧」を旗艦とする第十戦隊駆逐艦一六隻がこれに加わり、第二、第三艦隊を合わせて第一機動艦隊とし、小沢治三郎中将が第一機動艦隊司令長官に補せられ、将旗を「大鳳」に掲げた。

「野分」は、生き残りの僚艦「山雲」「満潮」とともに、その第三艦隊第十戦隊に属することになった。荷物運びや護衛任務とは、スッパリ縁を切って、ようやく駆逐艦本来の、敵撃滅の作戦任務についたわけだ。

次の一つは、改訂版、新しいZ作戦要領が発令されたことだった。

『マーシャル方面は、死守持久。マリアナ、カロリン、西ニューギニアは絶対確保。それに必要な防備、施設を強化。パラオを第二のトラックとし、全太平洋正面作戦の策源根拠地として、水上決戦兵力をここに集中する』

というのが、その計画の骨子だった。

ところが、実情は、第一機動艦隊母艦機搭乗員は、四月末にならないと海上機動戦ができるまでの技倆に達せず、そのときでも、空母「隼鷹」「飛鷹」「龍鳳」の第二航空戦隊搭乗員は、第一、第三航戦の搭乗員よりも技倆が下で、海上機動戦はチトむずかしかろうという心細さ。そんなことで、機動部隊が作戦に加わるのは、五月中旬を過ぎないとムリであった。

第一航空艦隊は、練度の一番高い九〇機をマリアナ空襲で失ったが、第二陣以後が続々到着して二月末には一二〇機を超えていた。しかし実際は、第一次進出部隊の進出が四月上旬までかかり、それを追って、第二次進出部隊がマリアナ方面に展開する予定だが、いずれにせよ、まだ一人前ではなく、一人前になるには錬成を必要とする状態だった。

その上に、第一機動艦隊は、タンカーの絶対不足で、頭をかかえていた。油がなければ、艦艇は動かない。そのために、作戦をする海面まで制限された。タンカーの問題は、それほどのキビしさで小沢艦隊の上にのしかかっていた。

第三の問題は、中部太平洋方面艦隊と陸軍第三十一軍の創設であった。中部太平洋方面陸海軍部隊を統一指揮する司令部が、トラック空襲後、急速につくり上げられた。中部太平洋方面艦隊司令長官には、真珠湾攻撃の南雲忠一中将、三十一軍司令官には小畑英良陸軍中将が補せられ、三十一軍を中部太平洋方面艦隊の指揮下に入れた。

このときの陸軍の意見は、傾聴に値した。『中部太平洋の作戦は、この戦争のヤマであって、陸海軍戦力の緊密一体となった発揮が必要である。この海洋作戦で戦力の主体をなすものは、海軍航空兵力であって、陸軍兵力はこの航空の基地の確保を使命とする。したがって、陸軍は、海軍の指揮下に入れるべきである』と。

こういう、マリアナ、カロリン諸島線での敵邀撃《ようげき》準備が、時期遅れではあっても、また内容、質が伴わない憂いはあっても、それを死にもの狂いの努力で補いながら、急ピッチで進められているとき、武蔵をはじめとする第二艦隊主力（重巡五、駆逐艦七、タンカー四）は、トラックを去ってパラオに集結し、機動部隊の主力は、スマトラの油田地帯パレンバンに近いリンガ泊地に進出して、訓練に従事していた。

こんなところに、敵機動部隊が、パラオに来襲した。「野分」が、サイパンからあと二、三日で横須賀に着こうとするころだった。

連合艦隊司令部は、誤判断もあって、準備に遅れがあり、二十九日午後二時、将旗を陸上に移し、「武蔵」以下の艦艇は午後五時ごろまでに出港、港外に逃れたが、船舶の退避準備が間に合わず、その日には出港できなかった。というよりは、準備が遅れて、パラオの水道を通るのが夜になるので、それをイヤがって出港を翌朝に延ばしたものもあったくらい。そしてその朝午前六時から午後五時半にわたって一一回、延べ四五六機に襲われた。

沈没または炎上擱坐《かく》した艦船は、駆逐艦一、哨戒艇一、工作艦「明石」、給油艦（海軍タンカー）三隻のほか小艦艇六隻。商船では、工作船浦上丸、タンカー四隻、輸送船一三隻、計一八隻、七万七〇〇〇トンが失われ、損傷を受けたものを合わせると二一隻、八万三〇〇〇トンに及ぶ甚大な損害を受けた。

このタンカーの損失が、時も時、新作戦準備にかかっている連合艦隊としては、作戦計画を狂わすほど痛かった。

飛行機も同じで、錬成途上の一航艦部隊、中部太平洋方面艦隊航空部隊が勇戦したが、前者が約九〇機、後者が約五〇機を失い、なかで最も精鋭な搭乗員をこの航空戦で死なせてしまったことは、次の作戦の航空戦の質を下げるほどの影響を与えるのだった。

そして、パラオの陸上に将旗を移していた連合艦隊司令長官古賀峯一大将と幕僚は、飛行艇二機に分乗、ダバオ（フィリピン）に向かった。途中低気圧に遭い、古賀長官機は行方不明、福留参謀長機は海面に激突、原住民と友軍に収容された。

「いったいこれは、どういうことなんですかね」

西川少佐は、四月一日付で中佐に進級したが、別に嬉しそうなふうも見せず、ブスッとして、横須賀鎮守府に、様子を聞きにいった。

彼には、上級司令部が、いったい何を考えて戦争を指導しているのか、わからない気がした。幕僚の話を、いろいろ聞いていると、いっそう、その疑問が濃くなった。敵機動部隊が圧倒的な威力を持っていることは事実だが、最高指揮官が、あたかも機動部隊アレルギー症にかかってでもいるように、敵前でバタバタ動き回るのは、どんなものか。

そんな圧倒的なものが来る前触れがあったら、なぜ、真っ先に弱いもの、大事なものを先に逃がし、「武蔵」などという強いものは、弱いものを守ってやりながら逃げなかったのか。今となっては、「武蔵」よりも、タンカーの方が大切であり、とくに海軍タンカー三隻は、何ものにも代え難い価値を持っていることを、なぜ見逃しているのか。

「――油ブネがいなくなったんでは、連合艦隊は、もうトラックまで出られません。マリアナ、カロリン邀撃戦も、とんでもない制約を受ける。そして、パラオはもう待機位置としての価値を失ったわけですから、あとはフィリピンしか連合艦隊のいくところはない」

三クラス上の前島中佐は、神経質そうに眉にしわを寄せた。

「おれにそう食いつくなよ。食いつきたいのはコッチの方だ。しかし、まいったな。古賀長官が行方不明になられて、あとはどうなるだろう。山本長官のときは、すぐ戦死が確認されたから、部外発表はともかく、すぐに後任者が決められ、指揮権が、新連合艦隊長官に引き継がれた。こんどはそうはいかん。行方不明なんだから、どこから姿を現わしてこられるかわからん。半月やヒト月は、待たねばならん。その間、少なくとも連合艦隊司令長官として親補された人でない人が、その職務を代行することになる。一般論だがね、とくにいまのような一刻数万金の時期に舞台のワキの方から、適切で積極的な作戦指導ができると思うかね、キミは」

「ここで大東亜戦争の運命が決まった、ということですな」

「というのは早いが、望みは第一機動艦隊長官小沢治三郎中将だ。彼に、日本の運命を託すよりしかたがないし、かれ以上の名将は、日本海軍には、今日他にいないだろうな」

胸ふくらむ話は、小沢長官にたいする期待のほか、何も聞けなかった。

「野分」では、山本水雷長と、豊田軍医長、津野航海長、大脇機関科分隊長が、西川と同じ四月一日、進級した。

軍医長が、「戦時中の大盤振る舞い」といったとおり、軍服にスジを巻くので大忙しの士官室だったが、こんなに一度に進級すると、まだ進級には一年も二年もある者までが、あきらめきれないような表情になる。そのころ横須賀は、港内ガラガラの状態だったので、「野分」は、田戸の小松で、残念会と称し、士官室会を決行した。

田戸の小松といえば、トラックに店を出していた士官たちの巣の本店であった。幸い、若女将がいて、トラックの話に花が咲いた。内地にいて、青だたみの上で盃を含みながら、魂もそそけ立つ戦場で、心の安らぎを与えてくれた人たちを前に、苦しかったころの思い出話にふけることは、だれでも、人の運命の不思議さをしみじみと感じさせるものであった。

第五章 「あ」号作戦に総力を結集す

　四月六日、「野分」は横須賀を出て呉に向かい、翌日入港、久しぶりで僚艦「山雲」「満潮」と合同し、いよいよ駆逐隊としての訓練と作戦待機に入った。バラバラで、下請け作戦に加わっていたころは、なんとしてもワクにはめられたようで、手も足も出なかったが、駆逐隊を編制し、大作戦気構えになると、艦内の士気も大いに上がる。作業も大いにハカどった。

　そのころ内地にいた連合艦隊艦艇は、第二、第三航戦の改装空母六隻、駆逐艦六隻。戦艦「伊勢」「日向」は航空戦艦に改装中、「山城」は練習艦として横須賀にいた。護衛で、まだ働いていたものが、艦隊の駆逐艦九隻。修理中が、戦艦「武蔵」と駆逐艦六隻。あとは、リンガ泊地。「武蔵」の損傷は、パラオを急いで脱出するとき、湾外に出たとたん、待ち伏せていた敵潜水艦にやられたものであった。

四月は、三月から引き続き、マリアナ、カロリン方面防備強化と航空基地急速造成の月であった。

人員機材が、例の大船団編成によって、東松四号、五号、六号というように、次々に送り出され、それがまた、奇蹟のように何事もなく目的地に着いた。東松四号船団は、三六隻の船団。四月十日サイパン着、グアム、ヤップ、パラオ、トラックにさらに兵員、資材を送りつけ、五号は五隻の船団で、十四師団、三十五師団第一次部隊をサイパン、パラオに送り(二十四日パラオ着)、六号は船団六隻、父島を経て二十三日サイパンに安着した。なにかそこに、全力をあげた日本人の意志とバイタリティが、敵の妨害を蹴散らし、マリアナ、カロリンの戦力のポテンシャルを、グイグイ引き上げているようで、感動をさえ覚えるものであった。

こうして、日本全体が、あげてマリアナ、カロリンをめぐる敵との決戦——これが日本の運命を決するいくさと心得、その準備に全力をあげ、作戦部隊は技倆未熟の搭乗員をかかえて一日も惜しんでその質の向上、レベルアップに大わらわであったとき、このままでいけば、五月末には敵と十分に戦えるところまでいく見込みを立てていたとき、またまた不意討ちを食って、敵機動部隊が中部ニューギニア北岸のホランディアに襲いかかり、上陸してきた。

ホランディアにくると見当がついた四月十九日、西部ニューギニアへ敵がくることを、もっとも重視していた南西方面艦隊司令部、いまは連合艦隊司令長官として指揮をとっている高須四郎中将は、マリアナ、カロリンで東に備えて錬成中の第一航空艦隊と第一機動艦隊航空部隊の艦戦、艦爆隊にたいし、ホランディア攻防戦に出撃せよと命じた。

果然、第一航空艦隊長官、中部太平洋方面艦隊長官、第一機動艦隊長官から、反対と意見具申の声があがった。大本営も驚いて、

『第一機動艦隊航空兵力は、五月中旬に戦力がほぼ仕上がったのち、一、二、三航戦の全力を一挙に使って大勢を決するためのものだから、逐次小出し使用はやめてくれ。もしどうしても使うのだったら、使う前に大本営にコトワってくれ』

と電報を出した。

しかし、このくらいの横ヤリでアキラメられるはずはない。敵がそこに来ている。また、同じ電報を打つ。いやしくも連合艦隊の指揮をとっているのだ。当然であった。問題は、南東から来る敵に備えている南西方面艦隊と、東から来る敵に備えている他の艦隊との間で、何が日本をもっとも有効に救い得るかの判定のモノサシが違っていた。それだけのことなのであった。

大本営は、軍令部次長から、再度同じ趣旨で、もっと強い言葉の電報を打ち、連合艦隊司令部（南西方面艦隊司令部）のニューギニア一辺倒の作戦指導を封じた。ところが、その出撃命令で飛び立っていった航空部隊が、敵を発見しないばかりか、帰途天候不良のため未帰還機多数を出したから、気の毒なことになった。チグハグ作戦指導も、ここにいたって極ま

れりであった。

これで、ホランディアが失われるのは、やむを得ないということになった。隠忍自重、ビアク（西ニューギニア）を含めてニューギニアには目をつぶり、その間に後方の要線を強化して、次の「あ」号作戦に期待するのが、大本営・連合艦隊の決心であった。

「あ」号作戦計画は、四月十一日、新連合艦隊司令部幕僚が決まって以来、東京で練られていた。四月二十九日に概成するまで、一八日の短期間であったが、当時の知嚢が傾けられた。

「あ」号作戦計画というのは、決戦兵力の大部分を集中して東正面に備え、一挙に敵艦隊を撃滅してしまおうとするもので、味方決戦兵力がだいたい整備する五月下旬以降に、中部太平洋方面からフィリピン、ニューギニア方面にわたる海域で決戦する。その時期までは、トラックが占領されても、艦隊は出ていかず、極力決戦を避けていく、というハラを決めた。

トラック空襲、マリアナ空襲、パラオ空襲と続き、いつも連合艦隊が逃げ出すのを見ていた陸軍には、海軍不信の気持ちがさらに積み重ねられていた。後宮陸軍大将は、

「こりゃ洋上で敵を撃滅することなぞ、できやせんぞ。水ぎわで撃滅するほかない」

といっていた。

陸軍航空部隊は、七月以後でないと決戦準備が整わなかった。そこで、「あ」号作戦は海軍航空部隊が当たり、陸軍航空部隊はフィリピン作戦以降に協力することに決まった。

——このような話を、西川は、呉で見聞きした。

第三艦隊にも、同じように、問題があった。

第三艦隊には三つ航空戦隊があるといっても、一航戦の「瑞鶴」「翔鶴」「大鳳」はリンガにおり、二航戦の「隼鷹」「飛鷹」「龍鳳」、三航戦の「千歳」「千代田」「瑞鳳」は内地におり、別々に訓練し、一度も顔を合わせていないのが不安だった。合同したら、よほど連合訓練を繰り返さないと、うまい協同作戦などできるものではない。

「おい。大丈夫か」

と、二航戦の幕僚に聞くと、

「大丈夫じゃないよ。ウチなんかラバウルにいつまでも残されて、トラックで働いて、それから三月中旬に帰ってきたのだから、何もかも後手さ。その上に、九九艦爆に代わって、新式の彗星になり、九七艦攻に代わって天山になったろう。搭乗員は横須賀（航空隊）で講習を受け、手ほどきがすんで、それから飛行訓練だから、時間が意外にかかる。着艦訓練をはじめるのは、四月下旬からだ」

「他のところは」

「一航戦はいいだろう。三航戦もまず順調だ。といっても、緒戦の搭乗員とは雲泥の差だ。飛行時間が一〇〇時間から一五〇時間だからな。真珠湾当時は、一〇〇〇時間から二〇〇〇時間だった」

「どうするんだ、それを」

「南方に集結したときに猛訓練するさ。油が十分にあるから、一気に練度を上げる。総合訓練もそこでやる。飛行機というものは、全力発揮をさせる前に、猛訓練をやってグーッと力を出させる。そこでパッと放す。そうすると、自分の力以上の力を出すものだ」

「ボートレースの訓練と同じだな」

「まあ、そうだ。それに、意志と神経の鍛錬が基礎をつくる」

五月三日に、豊田副武大将が、新連合艦隊司令長官に補せられた。同じ日、大本営から、「あ」号作戦方針が指示された。

小沢機動艦隊は、連合艦隊司令長官の命によって、タウィタウィに集結することになった。タウィタウィは、フィリピンのミンダナオからインドネシアのボルネオの間に連なった小島の列のなかで、一番ボルネオに近い島。ほぼ琵琶湖の大きさがあり、その島の南側に、小さな離島やサンゴ礁で囲まれた広い水域がある。もちろん、トラックのような広さではないが、礁外からは礁内は一応見えないし、機動部隊全艦船がゆっくり入っていられるし、一応の運動訓練はできるという手ごろの泊地であった。

「野分」は、二、三航戦空母六隻と「武蔵」を護衛しながら、五月十一日、佐伯湾を出て、沖縄本島の中城湾を経、十六日にそのタウィタウィに着いた。十九日までには、全艦艇七三隻が勢揃いを終わる。こう並ぶと、やはり「大和」「武蔵」の堂々とした姿に目をひかれるが、艦隊の主役は、「大和」「武蔵」ではなく、超空母「大鳳」であり、「瑞鶴」「翔鶴」「隼鷹」「飛鷹」「龍鳳」「千代田」「千歳」「瑞鳳」の空母群であり、その搭載機であった。

機動艦隊各艦は、ようやくにして、小沢長官の下に、全力を結集することができた。

十九日には、旗艦「大鳳」に各級指揮官、幕僚が集まり、長官の訓示を受けた。西川中佐も、さすがに新鋭空母――開戦以後はじめて完成した重防御空母の艦上で、日本の興廃を決する戦いを前にした長官訓示を受けた時には、身が引きしまるのを覚えた。

訓示といっても、それは司令長官自身の意図を徹底させることだった。こんどの作戦の意義の重大性を述べたあと、長官は、

『この作戦では、味方の損害をかえりみない。空母は敵の攻撃を受けるとその機能を失いやすいが、必要の場合は、一部を犠牲にしても大局の勝利を確保する。また各指揮官は、通信連絡思わしからぬとき、機を逸せず、独断専行せよ』

と強調し、それから数日間にわたって、図上演習、兵棋演習、戦務演習などが行なわれ、長官の戦法の徹底理解を求められた。

小沢戦法のポイントは、アウトレーンジ戦法にあった。それと、実に詳しい作戦方針と作戦要領であった。

艦に帰って、士官室で話すと、早速、議論百出した。海軍士官は、陸軍に比べて議論好きで、さかんに談論風発する。陸軍では、人を賞めるのに、かれはハラができているというが、海軍では、かれはアタマがいいという。モノサシの違いに、両軍のニュアンスの違いがよく

出ていた。

議論の要点は、こうであった。

山本水雷長――

「四〇〇浬も四五〇浬も手前から飛行機を飛ばすのでは、いまの搭乗員の練度ではダメだ。二〇〇浬か二五〇浬まで母艦が突撃し、そこで飛行機を出して、全速力で引き返す。搭乗員は飛行時間一時間か一時間半で、ベスト・コンディションで航空戦ができるようになる。真珠湾で山本長官が考え出されたアレをやらなきゃ。なんだか、腰を引きすぎていますよ」

伊藤砲術長――

「敵味方の航空戦力を比較すると、十対三だそうですね。近寄ったら、味方が全滅するのと違いますか。つまり、練度が低かろうが、飛行機が揃うまいが、アウトレーンジしか手がない。アウトレーンジに賭けたのではありませんか」

豊田軍医大尉――

「こりゃあ、小沢戦法というけど、小沢戦法はアウトレーンジで、あとは草鹿戦法のコピーですよ。草鹿連合艦隊参謀長は剣道と禅の大家だったでしょう。まさに一刀両断的戦法ですよ。振りかぶって、ヤアッと叫んで振り下ろす。あれですよ、これは。真珠湾でも、インド洋でもミッドウェーでも、みんなそうだった」

「ふむ。そういえば、敵は朝から夕方まで、九回とか十一回とか、空襲をかけてくる。ネチ公にやるからなあ——それはそうと、このタウィタウィだ。どんな理由があってここを待機位置にしたのか知らんが、とんでもないところだな」

と水雷長は嘆いた。

第一に困ったのは、この付近、ほとんど風がなく、タウィタウィにいったら総合訓練を猛烈にやる心組みだった飛行機乗りが、まるで訓練できないことであった。まだ、一人前になっていない、仕上げの実戦訓練のすんでいない若い搭乗員にとって、訓練を休むことは、ガタッとウデを落とすことであり、さらに繰り返し訓練を重ねなければ、アウトレーンジ戦法を成り立たせる遠距離進撃・空戦・遠距離帰投などが、若い搭乗員には完全に果たせなくなる。

そこで空母部隊は、湾外に出て発着艦訓練を行なうこととし、交互に出動しはじめた。しかし出動してはみたものの、敵潜水艦が待ち構えていて、雷撃してくるので、落ちついて訓練ができない。とうとう各艦二回だけで、湾内から一歩も出られないことになった。つまり、空母機搭乗員は、タウィタウィに来て二日飛んだだけで、約一ヵ月、カン詰状態にされてしまった。

湾外の敵潜水艦のために、第一機動艦隊が閉じ込められたというと、ウソのように聞こえるが、これは事実であった。新鋭駆逐艦五隻が、次々に敵潜水艦にやられ、轟沈した。

「レーダーと水中探信儀の精度の差だ。敵はレーダーで射撃して命中させる。味方のレーダーは見当をつけるだけだ。敵は水中探信儀で、潜望鏡を全然出さずに雷撃して命中させる。味方の水中探信儀は、まだ信頼性が薄いし、精度が落ちる。潜水艦より強いはずの駆逐艦でも、高性能の潜水艦にやられるのはあたりまえだ」

山本水雷長は、お手上げの姿勢だ。

「潜望鏡を出さないんじゃ、どこに敵がいるかわかりませんからね。攻めようがない」

と航海長も、困り切った表情。

とうとう第一機動艦隊司令部の先任参謀が、第二艦隊司令部に来て、敵潜水艦が出ても駆逐艦を出さないでくれ、と申し入れたというウワサまで立った。

五月に入ると、いよいよ戦機が熟してきた。

陸海軍合同の「あ」号作戦御前研究が、五月二日、宮中で行なわれた。

五月三日　豊田副武大将が新連合艦隊司令長官となり、将旗を軽巡「大淀」に掲げた。この日から、西ニューギニアのビアクにたいするB‐24四発爆撃機三〇機ないし五〇機と、戦闘機一〇機ないし一五機による空襲が、五月十五日まで、連日続いた。

五月五日　一航艦の編制替えを行ない、「あ」号作戦に充当できる実際の機数七四〇機と報ぜられた。

五月六日　敵艦船がマーシャル方面に集結していることを諜知、緊張が流れた。しかし、不思議なことに、大本営も連合艦隊も第一機動艦隊も、こんど敵が来るのは西カロリン（パラオ方面）と西ニューギニアで、フィリピン攻略を目ざしているものと考えていた。つまり、北寄り（マリアナ方面）ではなく、南寄り（パラオ方面）に来、真っすぐフィリピンにつっかけるだろうと判断した。海軍の注意は、パラオに集中していた。

五月十九日　東松八号船団がサイパンに安着。陸軍四十三師団が乗船していて、サイパンに上陸した。東條首相がこの報を聞いて、

「これでサイパンは安心だ」

と言ったと伝えられた。

五月二十日　連合艦隊長官から、「あ」号作戦開始の電令が出された。

連合艦隊司令部の判断は、敵はアリューシャン攻略作戦を準備中で、これに関連する有力部隊が五月十一日から十七日の間にハワイを出港、五月下旬から六月上旬の間、敵機動部隊による大規模な空襲が行なわれる公算が大きいと伝えられた。

五月二十一日　軍令部情報部アメリカ課長の判断が伝えられた。それによると、敵はこの夏までに、対日艦隊決戦を企図している。決戦の期日は五月末から六月十五日の間という（注・米軍のサイパン上陸開始は六月十五日だった！）。

昨二十日、本二十一日の両日にわたり、米機動部隊が南鳥島を空襲したが、海軍は「あ」号作戦にそなえ、別に処置をせず、目をつぶる。

五月二十二日　連合艦隊は、敵がビアクに来襲する公算が大と判断。依然、敵はマリアナには来ない、西カロリン（パラオ、ヤップ）に来ると判定していた。

五月二十六日現在の味方各部隊の展開状況を、これからの事態の発展を追う上の基礎としてまとめておく。

第一機動艦隊はタウィタウィに集結。

連合艦隊総旗艦「大淀」は、広島湾柱島泊地。

第一航空艦隊（第五基地航空部隊）は、二十六日までにほぼ展開を終わり、第一攻撃集団はペリリュー（甲戦五五機、艦爆九機）、第二攻撃集団はマリアナ方面、第三攻撃集団はヤップ（甲戦三一機、艦爆二〇機）。北部ニューギニア方面に配備される第三空襲部隊は、哨戒兵力と零戦の一部（二一機）がソロン（ニューギニア西北端）に進出していただけで、大部分は後方基地で訓練と整備にあたっていた。

一方、陸軍部隊のマリアナ諸島配備の状況は、輸送船団の都合や被害によって、初めの計画から二転、三転するありさまで、サイパンには二十九師団の一部と四十三師団の主力が配備されたが、落ちついて作戦準備ができず、また主力である四十三師団も、五月十九日に到着しただけで、搭載物件はまだ海岸に積み上げたまま、島内の配備地点に運び終わることもできずにいた。

タウィタウィにいる「野分」の士官室には、しかし、戦局はそうは映っていなかった。赤道無風地帯の約一ヵ月は、艦内は毎日、まるでムシ風呂のようで、「大和」「武蔵」はともかくとしても、駆逐艦に冷房があるわけはないので、アセモの治るヒマもないありさまであった。軍医長に亜鉛化澱粉を貰って、首のまわりから背中、脇腹にかけて真っ白にしている姿には、ユーモラスともいえない切実さがあった。

特別に、誰が武者振るいしている、というのでもなかった。「野分」のように、開戦当初からむずかしい戦場を駆け回っていると、戦闘に対する考えも変わってくる。悠揚迫らず、などという表現もあるが、そうでもなかった。内地にいるときと、ほとんど変わらない。気張るのでもなく、そうかといって意気消沈しているのでもない。

いや、意気消沈などしているはずはなかった。二五〇キロ爆弾が飛行甲板に落下して炸裂しても貫通しないという重装甲飛行甲板をもつ「大鳳」。開戦以来の武運めでたい大型空母「瑞鶴」「翔鶴」。そのほか、二航戦、三航戦を合わせて九隻の空母が一ヵ所に集まり、こんどの作戦の中核として敵空母と立ち向かおうしていることは、だれの胸にも血を湧き立たせた。

——これで敵に勝てる。

航海長の津野中尉は、

「味方空母三隻で、敵の五隻、六隻は軽いでしょう」

と計算し、

「少し内輪に見すぎたかな」

と嬉しそうだ。

水雷長は、さすがに、それでは少し甘いぞ、とたしなめ、

「九隻だろ。互角だろうな、最悪の場合でも」

と慎重だった。

西川艦長は、別のことを考えていた。

五月二十七日、敵上陸部隊が、ビアクに突っかけてきた。戦艦三、巡洋艦二、駆逐艦一四が、朝五時から一時間以上にわたって陸上を砲撃、B・24二〇機が来て飛行場の爆撃をはじめた。そして、午前七時には一個師団の兵力で上陸をかけてきたが、おかしなことに、朝六時に打ってきたこの電報が、午後六時すぎになって、ようやく各方面にとどいた。

ビアクに敵が来るだろう、というのは、だいたい、海軍でも陸軍でも予想していた。海軍で西部ニューギニア方面を担当しているのは、南西方面艦隊だが、それの判断では、五月二十四日以後ビアク方面敵来襲を警戒、となっていた。

西川中佐は、機密連合艦隊命令綴を持ってこさせた。

機密連合艦隊命令作第七六号（十九年五月三日）による「あ」号作戦計画を見ると、

『連合艦隊ハ主作戦ヲ中部太平洋以南「ニューギニヤ」北岸ニ至ル正面ニ指向シ、友軍ト協力同方面ニ決戦兵力ヲ集中シテ一挙ニ敵進攻兵力、就中敵機動部隊ヲ覆滅シ以テ敵ノ反攻企図ヲ全面的ニ撃摧セントス』

とあり、その別冊、「あ」号作戦要領には、作戦方針のなかの決戦海面について、

『決戦海面ヲ概ネ左ノ通リ予定ス

第一決戦海面パラオ付近海面

第二決戦海面西カロリン付近海面』

とあった。連合艦隊の判断は、初めから変わらなかった。

(これは、残念だが、ビアクは放棄しなきゃならんな)

と彼は考えた。「あ」号作戦に国運を賭けている以上、一機一艦でも多く敵にぶっつける必要がある。パラオならともかく、ビアクは、大本営で、国の方針として定めた「絶対国防圏」からハミ出している。いわば、「絶対国防圏」の外にあるところだから、ビアクに敵が来ても、そこでは決戦をするわけにいかない。つまり、ここは歯を食いしばっても痛さに耐え、西太平洋正面から攻めかかってくる敵機動部隊と決戦することに全力をあげなければならないのである。

だから、五月二十八日、第一機動艦隊図上演習が「大鳳」で行なわれた時、敵機動部隊がパラオに来るのは、既定の事実のように扱われたが、だれも疑問を挟まなかった。マリアナ

にくるのは、この次である。こんどはパラオか、その南だという。なぜなら、ビアクに敵が手をかけたことでもわかるように、マッカーサー軍は、ここにフィリピン進攻の拠点をつくろうとしている。そのためには、パラオが日本の手にあると、ちょうど脇腹を脅かされる。まず脅威を除くのはいくさの定石であるといった。

図上演習中も、これが日本海軍最後の艦隊決戦だといって、なにか、あまりにも皆の肩に力が入りすぎている様子だった。決められたコースを、みんながもみにもんで疾走している感じで、いままで何回、何十回となく死地に出入し、いわば次第に自分自身を客観視できる心の余裕——のようなものができている駆逐艦乗りからみると、なにか不安さえ残るような、司令部、航空部隊、主力艦隊主要職員たちのハリキリようであった。

「こんどのオレたちの仕事は何だい」

「トンボ吊り（不時着機の救助）と潜水艦狩りだろう。そのほかには、用事はなさそうだぜ」

「少なくともソロモン戦のようなことはないだろう。お互い、よく生き残ったな」

「まったくだ。悪運めでたい」

「そういえば、品行方正、学術優等、教官のお覚えめでたかったのがみな戦死しとる」

「戦争は、品行不良、成績がビリに近く、教官の覚えメデタカラザリシ奴がウマい、ということか。フフフ」

図上演習のコマを動かすのを受け持たされた「野分」「山雲」「満潮」の艦長たちが、忙しいような、ヒマなような仕事の合間の、ヒソヒソ話であった。

西川は、コマを動かしながら、頭にひっかかっているものを意識していた。ビアクに敵が来ている。どうする気だろう。少なくともこの図上演習では、第一機動艦隊は全力を集結して、パラオにかかってくる敵機動部隊と戦っていた。ビアクは、まるで無視したように——。

第六章　戦機ハ今ナリ、手ハ一ツノミ

ビアクに敵の手がかかった二十七日午前七時には、米兵一個師団が上陸を終わっていた。位置からみると、確かに絶対国防圏外であった。パラオに来るはずの敵機動部隊に注意を集めている大本営、連合艦隊、第一機動艦隊の司令部は、あまり気にとめず、というよりは、兵力の分散消耗を警戒して動かなかった。

そこへまず、豪北地区の防衛を担当する第四南遣艦隊から、二十七日午後五時近く、ビアクが戦略的に主要な拠点であり（ビアクに飛行基地をつくると、シンガポール、ボルネオ、ジャワ、フィリピン、パラオ、サイパンがみなその飛行基地に入る）、しかも地勢上、大規模な飛行場群がつくりやすいところであるから、敵が占拠することだけは阻止してくれ、という意見具申の電報が入った。

この電報が、ちょうど一つのキッカケをつくったように、

「ビアクを取られちゃ大変だ」

という声が、急に連合艦隊司令部のなかで起こった。悪いことに、「あ」号作戦の作戦計画は、いささか虫がよすぎる手前勝手な弱点があり、敵機動部隊を味方の都合のいい海面（パラオ近海）に巧みに引っぱり込み、そこで決戦をすることになっていた。チャンスを失ったら、決戦が起こらないまま要点を失い、手も足も出なくなるのではないかという漠然とした心配が、作戦計画の立案者たちの頭にあった。

ビアクを取られて敵の大航空基地ができると、なるほど艦隊決戦が起こらないままで絶対国防圏が突破され、「あ」号作戦は失敗に終わるかもしれないと思われた。その上、虎の子の第一機動艦隊は、タウィタウィで、訓練も何もできず、無為に日を過ごしている。練度は上がるどころか、むしろ日に日に下がっている。

パラオ海面ならばこれで決戦ができても、それ以上むずかしいところでサァ決戦だなどと、逆に敵に注文をつけられたら、勝てるかどうか危ないものだ、という気がしてきた。初めの決心が、変わりはじめた。

連合艦隊長官は、二十七日夜になって第一、第二空襲部隊から四つの決戦部隊航空隊約一三〇機の豪北方面航空部隊増援と攻撃参加を命じた。

この一手で、敵機動部隊を、パラオの南の海面に引っぱり込むのだという連合艦隊参謀長の解説電報が、そのあとに届いた。

二十八日午後には、南西方面艦隊の十六戦隊（重巡「青葉」、軽巡「鬼怒」「大井」、十九駆逐隊）司令官、夜に入って南西方面艦隊参謀長と陸軍部隊参謀長連名の意見具申電報が、連合艦隊長官宛に発信された。

連合艦隊は、この二つを結びつけて、十六戦隊で陸兵を輸送しようと乗り気になったが、大本営陸軍部では反対。既定方針どおりやる。なぜなら、この兵力をビアクに入れても、ビアク失陥は時間の問題だ。それより「あ」号作戦を成功させることの方が大切だ、といった。

そうこうしているうちに、ビアク守備部隊の善戦の報告が入ってきた。それまで各地で敵に上陸された場合、ほとんどが一方的にやられていたが、こんどは違った。敵の上陸部隊を何度も撃退し、天険によって大いに気を吐いている。ビアク守備隊指揮官千田貞敏海軍少将の豪快な作戦指揮が目に見えるようで、西川艦長をはじめとする「野分」士官室でも、みな手に汗を握って声援しているありさまだった。

十六戦隊司令官左近允尚正少将の、みずから進んで難に赴こうという、いかにも武人らしい颯爽さも、見事であった。

「戦機ハ今ナリ、手ハ一ツノミ」

という電文は名言だった。

「当部隊四散、尚且赤痢流行ニ悩マサレツツアリト雖モ、青葉、鬼怒、一九駆逐隊ハ戦闘即応ニ差支ナシ、ニューギニア西北岸ヨリスル敵攻撃ノ実施ハ当部隊ヲ以テ最適ト思考ス」

というのも、ウナらせた。電文中の、

「航空機ニ対シ水上艦艇無力ナリト考フルハ再考ヲ要ス」

とあるのは、いままで敵飛行機に煮え湯を呑まされつづけてきた水上部隊に快哉を叫ばせるものであった。その上、その言葉が、これから、小兵力ではあっても十六戦隊を率いてビアクに突入しようという人の言うことであるだけに、一層説得力があり、胸を打った。

確かに、艦隊のだれでもが、何か胸のすくようなものを求めていた。ホコを交えたら、勝ち負けなど考えていては、いくさはできないのは事実だったが、だからといって、戦局から明るさが消えており、消えた明るさをなんとか取り戻したいと皆が祈っているのも事実だった。

「あ」号作戦を目前に控え、この「最後の艦隊決戦」に身命を投げうって奮戦する覚悟であり、こんどこそ勝ってみせると意気込んではいても、ミッドウェー、ガダルカナル、ギルバート、マーシャルからはじまって、トラック、サイパン、パラオ空襲、サルミ（ニューギニア）上陸と続く一連の戦闘は、そのときこそ獅子奮迅の勢いで敵と斬り結んでいても、なんとも後味の悪い結末しか得られなかった。

日本人は、確かに明るさの好きな国民である。天変地異など、そんな天象地象に非常に強く影響される生活だから、よけいに明るさを欲しがるのかもしれないが、明るさをいつも、じっと抱いていたい国民性を持っている。

これは、西川が、これまで戦い続けてきた経験からの強い印象であった。同時に、カゲロウのように明るさにだけつかれて、ウカウカすると、自分の足場やまわりの状況や、その明るさの持つ危険さをも忘れがちになるのも、事実であった。感情のこまやかな、坊ちゃん育ちの者が、とくに引っかかりやすかった。こらえ性がない――少ないせいであろうか。

連合艦隊司令部は、十六戦隊司令官の電報に、いたく心を動かされた。それを汲んだ軍令部は、陸軍を説得して、ビアク突入作戦、いわゆる「渾《こん》作戦」の実施に踏み切った。こうなると、敵機動部隊誘致よりも、ビアク確保の方に、目的が移動していく。

ビアク守備部隊の勇戦は、五月三十一日になってもまだ続く。夜襲が繰り返され、敵を圧迫する。しかし六月五日、敵が味方の背後を脅かしてきてから、苦戦になる。

連合艦隊長官は、十六戦隊をフィリピンに急行させ、海上機動第二旅団のビアク緊急輸送を命じた。

しかし、十六戦隊だけでは、兵器を持った陸兵五五〇〇人は運べない。司令官は、三十日、戦艦一、巡洋艦二の増援を要請したが、そうなると、「あ」号作戦決戦部隊にひびいてくる。四〇〇〇トンの敷設艦「津軽」しか出せない。

その三十日、新鋭彩雲偵察機が、トラックから一〇〇〇浬飛んでナウルに潜入、燃料補給の上、五三〇浬を北上してマーシャル群島のメジュロを写真偵察、ナウルに戻って、電報を打ってきた。

メジュロに、正規空母五、特（補助）空母二、戦艦三、巡洋艦三、駆逐艦一〇、輸送船二、タンカー六がいることが、写真判読の結果わかった上に、メジュロ北方を西進中の正規空母二、戦艦または巡洋艦三、駆逐艦八をつきとめた。

翌三十一日には、クェゼリンに空母一、戦艦一、巡洋艦一がいた。

つづいて第二次偵察で、重大な発見が報告された。

「ブラウン（エニウェトク）に巡洋艦二、駆逐艦一、輸送船多数（六月二日）」

「メジュロに正規空母六、特空母八、戦艦六、巡洋艦八以上、駆逐艦一六以上、タンカー四、大型貨物艦またはタンカー約一〇、中型貨物艦十数隻、湾内活気を呈し、出港の気配濃厚（六月五日）」

これこそ、「あ」号作戦で一戦しようとしているニミッツの機動部隊であった。

そして、九日に行なわれたメジュロ偵察のときには、これだけの機動部隊が、すっかりいなくなっていた。

このとき、すでに六月一日（第二次メジュロ偵察の前日）に連合艦隊長官は、

『敵機動部隊ノ大部ハ「ビアク」作戦ヲ契機トシ「西カロリン」諸島方面ニ進攻シ、加ウルニ我ガ渾部隊ノ行動ヲ偵知セバ六月四、五、六日、第一決戦場（パラオ南西海面）ニ突入シ来ル算アルベシ』

として、機動部隊はすぐフィリピンのダバオに出てこいと命じていた。

第一機動艦隊も、やはりビアクが奪われると決戦のときに不利になるので、それまで敵主力との決戦だけしか考えず、極力兵力の損耗を避けていたが、決戦兵力である航空部隊をマリアナから西北ニューギニア、ハルマヘラ方面に移動しようと考えはじめた。

連合艦隊長官は、六月三日、第二攻撃集団のうち先にニューギニアに移動した残りの兵力一一五機を、西北ニューギニア、ハルマヘラ方面に移動配備させるよう命じた。

ビアクの陸海軍将兵は、敵の上陸以来一週間を経過し、ようやく疲労の色が濃くなった。全陸海軍の声援と期待を担って、十六戦隊と「津軽」以下三隻に分乗した海上機動第二旅団主力約二三〇〇名は十六戦隊各艦に、残りは「津軽」「厳島」、一三七号輸送艦に便乗、六月二日ダバオ発、ビアクに向かって急航した。護衛隊は、間接護衛として、戦艦「扶桑」と、十駆逐隊駆逐艦二隻。警戒隊には第五戦隊重巡「妙高」「羽黒」、二十七駆逐隊駆逐艦四隻。

ビアクは放棄しようと考えていた連合艦隊司令部、第一機動艦隊司令部、ことに軍令部の説得によって思い直し増援に踏み切った陸軍にとって、驚くほどの局面の急転換だった。が、事がここまで来ると、陸軍は、ぜひともこの輸送を成功させ、ビアクに健闘する部隊を一日も早く救援しなければならないと決意していた。海軍では、しかし、その間に少しずつ評価が移っていた。メジュロの敵機動部隊が重大であった。「あ」号作戦決戦の発動も間近いだろう。艦艇を一隻でも沈めたくなかった。ともかく、「渾作戦」で敵機動部隊が南に引きつけられて出てくることが最大の関心事であった。

果然、ダバオ出港翌日の六月三日、渾部隊はB-24二機に発見され、触接された。隠密行動が不能になった。引き続いて南下を続ける渾部隊に、連合艦隊長官から、「渾作戦」の一時中止と、輸送隊のソロン（ニューギニア西北端）入港、待機が令せられた。

そこへ、四日、空母二隻を含む敵機動部隊がビアクの東海上で発見され、午後二時ごろ渾部隊の避退が命ぜられ、陸軍部隊をソロンに揚げたまま引き揚げ、第一次渾作戦は失敗に終わった。現地陸軍部隊の不満はもちろん大きく、煮え湯を呑まされたといって痛憤した。

ところが、引き続いて、四日に発見した敵機動部隊には空母を含んでいないことがわかった。そこで同じ日の午後十時半には、渾作戦再興が連合艦隊から命ぜられた。しかし、渾部隊は、陸兵をソロンに揚陸したあとであり、燃料補給をしなければ駆逐艦が動けなかった。

五日になると、ビアクの戦況も緊迫してきた。メジュロの偵察電も入ったので、早くビアク輸送を終わらせることが重要になった。連合艦隊からは急げ急げといってくる。半ば面くらいながら、十六戦隊はソロンで揚陸した陸兵と兵器資材を積み直し、七日、駆逐艦三隻に六〇〇名を乗せ、駆逐艦三隻が護衛して、ビアク強行突入にスタートした。しかしビアク揚陸点の付近まで近づいたとき、戦艦一、巡洋艦四、駆逐艦八（と認めたが、事実は重巡一、軽巡二、駆逐艦一四）に遭遇、砲戦を交え、揚陸不可能となって引き返した。

第二次渾作戦が、不成功に終わった。そこでこんどは、第一戦隊超戦艦「大和」「武蔵」

を軸として、目的を陸兵の揚陸から敵艦隊の撃滅と敵陣地の砲撃とし、好機に陸兵を揚げることに変更、出発準備を急いだ。

第三次渾部隊の「大和」「武蔵」と、四駆逐隊三隻は、十日午後四時、小沢艦隊の見送りを受け、タウィタウィを出撃、十二日午前八時、アンボンとハルマヘラの間のバチャン泊地に到着、そこにいた五戦隊、十六戦隊、十駆逐隊と合同、急いで作戦準備にかかった。

ところが、六月十一日午後一時すぎから、敵機動部隊がサイパン、グアム、テニアンに来襲した。何の目的で、機動部隊が来襲したのだろう。それまで、しだいにビアクに対する関心をエスカレートさせながら、いたものが、敵機動部隊のマリアナ空襲を知って、

「なんだって？」

と、ふと頭をめぐらせたような形であった。

第七章　皇国ノ興廃此ノ一戦ニ在リ

バチャン泊地で、この電報を見た「野分」の西川艦長は、ことによると、この空襲は、サイパン上陸の前触れではないかと疑った。

どこで聞いても、この間の第一機動艦隊の図上演習でも、敵機動部隊はパラオに来る、といっていた。根拠は、通信諜報だという。通信諜報というのは、敵信を傍受し、その交信の種別と長短と数と時機によって、相手の意図と現在の動きとを判断するもので、暗号解読とは違い内容そのものはわからないが、注意を集中し、適当な評価を加えると、判定者の識量によるが、ほとんど敵の意図のアウトラインがつかめた。

ただ、相手を実際に見ていないので、間違うこともあり得る。そのようなプラスとマイナスの両面を持った、日本海軍の独創によって開発した課知法だったが、偵察によって情報を取ることがむずかしくなると、むずかしいことを苦労してやるよりも、また苦労して偵察に出しても練度の低下によって誤判断されることが多く、それより手っとり早い通信諜報を便利がるようになり、希望的観測の好きな日本人であることも手伝って、マイナス面があることを忘れ、敵情は通信諜報一辺倒と考える人たちが多くなっていた。

敵機動部隊が、ニューギニア北岸沿いにくるというのも、こちらの希望がふくらんで、ことさらに大きなウェイトを置かれすぎた形跡があり、五月二十九日に、B-24二五機がサイパンに来、同じく六機がグアムに来て、明らかに、写真偵察をして帰ったという電報も、ビアク騒動で、なんとなく注意を払われないままにすんでしまった。

同じ通信諜報でも、連合艦隊情報参謀や軍令部米国班の判断では、マッカーサー軍の機動部隊とは別に、ニミッツ機動部隊がマリアナに来る可能性が多いと説明されたが、あまりそれに注意が払われず、払われたとしても、

「いや、それでも敵はパラオに来るよ」

と、現代のコペルニクスのようなことを言うのであった。

西川は、このような言い方に、不安を持っていたが、駆逐艦で受ける電報は限られており、暗号書も、高度のものになると、使用規程が配布されていないこともあって、機会を見ては司令部に行き、クラスメートの参謀の内話を聞いて情勢を知る程度にとどまり、かれの考えを伝えて作戦指導に影響させる、などとは、まず望めない次第だった。

「やらせとくさ、幕僚に。そんなこと考えたって、しようがない。その間に英気を養ってお

いて、敵機とカミ合ったとき、そいつをぶつけるのさ」

と、ほかの艦の艦長が言うが、西川は、それでもなお不安を消すことはできなかった。というのは、幕僚になるような連中には、テクニシャンが多い。命令の書き方、出し方、図上演習のすすめ方などは、なるほど堂に入ったものだが、西川は、そんなことは末の末だと思っていた。戦争をしているのである。大事なのは、敵と味方だ。敵を知り、おのれを知ることである。命令を上手に出すことではない。大事なのは、正しくモノを見、正しい判断を下すことで、アタマがいいとか、卒業成績がいいとか、上の学校を出ていることではない。そのあたりの、価値判断の基準が間違っている。

　こういう人は、得てして、物にとらわれる。大きく、広い目で見ようとはせず、狭く、深く見ようとする。狭く、深く見る目は、学者の目だ。いまわれわれがやっているのは、戦争学の研究ではなく、戦争に勝つことではないのか。戦場から離れて、机の上でモノを考えている者の、それは陥りやすいオトシ穴ではないのか。

　敵機動部隊が、パラオに来るというのも、それであった。「渾作戦」が、みっともないほどにフラフラしたのも、何のために作戦するのかの根本がフラフラしていたからであった。そんな、基本的なことに、ウソのような手ぬかりをする彼らに、果たして「あ」号作戦がやり抜けるのか。

　しかし、そうはいっても、バチャン泊地に「大和」「武蔵」「妙高」「羽黒」などと並んでみると、なにかこれから壮烈無比な戦闘が起こりそうな、圧倒的な勝利を収めることができそうな気になるから不思議であった。もちろんそれは、味方飛行機のカバーがあることを前提にしての話だった。

十一日、マリアナを空襲した敵機動部隊は、十二日になっても、空襲を強めて立ち去ろうとせず、十三日も同様、そのため邀撃《ようげき》に奮戦した第一攻撃集団飛行機は、ほとんど全滅してしまった。ところが十三日には、さらにサイパンに対して艦砲射撃や掃海をはじめた。

十三日午後五時半、連合艦隊長官は、前に述べた、

「あ号作戦決戦用意」

を令した。「渾作戦」は、またまた、一時中止された。

敵が上陸するのは、サイパンだ。パラオではない。

敵機動部隊は、サイパンの周辺にとどまっている。パラオではない――。

とんでもないことになった。また奇襲である。完全に虚をつかれた。

コトが起こってから、五月二十九日のB・24のサイパン、グアム偵察やニミッツ機動部隊の通信諜報の傾向などに、明らかにマリアナ進攻の前触れがあったなどとクリゴトをいってみても、将来のためならばともかく、現在のためには無意味だ。問題点をボカすのに役立つだけである。

現在の情勢を、ありのまま、さらってみなければならぬ。立ち騒げば立ち騒ぐほど、モッレはひどくなる。

――敵機動部隊との決戦に備えている味方の決戦兵力は、基地機動航空部隊と第一機動艦隊の二つであった。

基地機動航空部隊――第一航空艦隊は、三つの攻撃集団に分かれ、第一攻撃集団は、マリアナからパラオの南、ペリリューに進出し、五月末には展開を終わっていた。

第三攻撃集団は、ビアクにからんでニューギニアのソロンに進出、ビアクの戦闘に参加していた。

第二攻撃集団はビアクの後詰めとして、六月三日の命令で、六月八日にはハルマヘラに移動していた。

――肝心の第一航空艦隊は、このようにして、全機がマリアナから遥か南、ニューギニアとパラオの間に入ってくる幻の敵機動部隊のために配備をしており、マリアナはカラッポになっていた。

さらに問題になるのは、攻撃集団の現勢力である。第三攻撃集団は、ビアク戦で、勢力半減（二六機喪失、被弾機一二）。ペリリューにいる第一攻撃集団は、六月七、八、九日と、B・24などの大型機延べ二十数機の攻撃を受け、大きな被害を受けていた。

この基地機動航空部隊のほかに、もう一つ、「機動」しない基地航空部隊があったが、それを含めて、敵機動部隊がマリアナに来襲した六月十一日現在、来襲直前の数字は、こうだった。

マリアナ方面／戦闘機九九、偵察機一四、艦爆三三、陸爆（銀河）約二〇、陸攻二七計／一九三機

パラオ方面／戦闘機二八、偵察機一、艦爆八、陸爆六、陸攻四、計／四七機

豪北方面／戦闘機一一〇、偵察機六、艦爆約二七、陸爆一〇、陸攻三七、計／一九〇機

総計／約四三〇機

第一機動艦隊の空母機／爆戦八三、零戦一五一、九九式艦爆三八、彗星艦爆八一、天山艦攻六八、九七式艦攻一八、計／四三九機　ほかに水偵四二機

このほかに、練達の搭乗員が集まった横須賀航空隊を中核につくられた「八幡空襲部隊」が、硫黄島に一二一機あった。

「野分」でこうした表をつくっていたのは、シロウト戦術家を自認する豊田軍医大尉であった。

「西太平洋邀撃作戦といえば、わが海軍が三〇年来練り上げてきたものだよな。ニミッツ君も、こんどは飛んで火に入る夏の虫か」

夕食が終わったあとなど、かれは士官室の食卓の上に、海図に赤や青の数字を書き入れたものをひろげて、ニラんでいた。おのずから、そのまわりに、砲術長、航海長など若い者が

集まり、議論をする。それを横で、水雷長が、ときには艦長や機関長などを加えて、ニヤニヤしながら見物する。それが、なにか敵味方に動きがあったときの日課になっていた。

「邀撃作戦というと、漸減作戦が前提でしょう。敵サンに誰か食いついたのですかね、サイパンに来るまでに」

津野航海長が不思議がるのに、

「そこが奇襲さ。だれも気づかなかったわけさ」

「トラックの横を通られていながらね」

「所在航空兵力三五機だ。哨戒していたらつかまえているはずだから、哨戒しなかったんだろ」

およそこの程度の戦術家だが、あまり大きな間違いをすると、水雷長などが口を出す。いまの場合は、確かにそれに違いないから、黙っている。

十一日、空襲開始一時間半前に、味方索敵機が、敵機動部隊のマリアナ接近を報じて、消息を絶った。

午後一時すぎから夕方までの間に、延べ約五〇〇機が、サイパン、テニアン、グアムに来襲、マリアナにあった基地航空部隊は、攻撃のための統制された部隊を編制する余裕がなく、戦闘機はすぐ飛び立って邀撃、陸攻は空中退避、偵察機の一部が偵察に出ていくといったバラバラさであった。

連合艦隊では、すぐさま、この空襲が攻略の前触れであると見破り、時を移さず、「あ」号作戦決戦用意の命令を出そうとしたが、大本営が、ちょっと待てといって、とめた。大本営では、たとえばトラックや、前回のマリアナ空襲のように、これはサッと横なぐりの空襲に来ただけで二日もたてば、すむだろう。二、三日、様子を見てからでも遅くない、といった。

どちらも、通信諜報の評価による判断で、一方は攻略に来たといい、もう一方は、たんなる機動空襲だという。攻略とすれば、一刻も早く手を打たないと、手遅れになる。

その夜、撃墜米機のなかにあったものから、米空母一五隻が揃って来たことを知らされたが、大本営の判断は変わらなかった。

十二日の空襲は、十一日よりも激烈で、来襲敵機、計約一四〇〇機。二日間にわたる空襲で、マリアナにあった味方機は、夕方までにほとんどゼロになってしまった。しかし、その朝マリアナとトラックから発進した偵察機によって、この敵機動部隊は、全貌をとらえられた。

同時に、ラバウルで、苦心して寄せ集めで作り上げた零戦を飛ばし、ニューギニア北岸、アドミラルティ諸島に、空母六、戦艦一〇、巡洋艦二五、駆逐艦一〇、輸送船九〇の大部隊がいることを発見した。

マリアナに来た機動部隊が、輸送船団を連れておらず、アドミラルティの部隊が大輸送船団を伴っていたことで、大本営の機動空襲だという判断は、十二日になっても改まらなかった。

十一日に、連合艦隊長官から、ヤップに帰れと命ぜられた第二攻撃集団は、ハルマヘラで搭乗員の多数が六月を流行期とするデング熱にやられて立てず、十二日の報告では、十三日に二九機、十四日に九機がヤップに帰ることができるだけ、ということだった。

十三日になると、未明からテニアン、サイパンに水上部隊が現われ、砲撃と掃海をはじめた。それを見ても、大本営はまだ迷っていた。アドミラルティ諸島にいる九〇隻の船団が、頭にコビリついて離れなかった。水上部隊は来ているが、輸送船は来ないだろうと判定した。

連合艦隊長官は、さすがに水上部隊の出現で、敵はいよいよ攻略を意図していること確実と見て、基地機動航空部隊の決戦海面への集中と、ハルマヘラからヤップへ第二攻撃集団の移動を急がせると同時に、午後五時半、なんとか大本営を説き伏せて、「あ号作戦決戦用意」と「渾作戦」の再度の「一時中止」を電令した。

「さあ、いくさだぞ」

「いっちょいくか」

威勢のいいかけ声をかけて、「野分」は、バチャン泊地から、夜十時、すべり出た。

「艦長、電報です」

といって、真夜中、暗号員が届けてきた電報には、こうあった。

「宛南方軍総司令官
マリアナ諸島方面ニ来攻セル敵機動部隊ハ米艦隊主力ナルコト確実ニシテ而モ攻略ヲ企図シアル算大ナルニ鑑ミ連合艦隊ノ主力ヲ以テ決戦配備ニ転ズルニ決シ春島方面（ハルマヘラ、西北ニューギニア方面）作戦ハ南西方面艦隊司令長官指揮下ノ渾作戦部隊ノ一部ヲ以テ続行スルノ已ムナキニ至リシ段諒承ヲ得度、決戦必勝次デ貴方面作戦ニ転ゼンコトヲ期シ貴軍就中ビアク支隊ノ奮闘ヲ祈ル」

読み終わった西川は、後味の悪さに、うなった。

陸軍にあやまった、のは、なるほど結構だが、それでビアクは終わりなのか。勇戦したビアク守備隊は、全員玉砕するのか。それにしても、連合艦隊司令部は、なんとも中途半端にすぎたのではなかったか。

しかし、その連合艦隊司令部と、大本営との米機動部隊の行動に対する評価の落差は、ビアク問題よりも、もっと重大であった。

しかしこれは、あとで、連合艦隊参謀の一人が、ひどく憤慨していたのを聞いて、わかったことで、当時、「野分」ではわからなかった内情だった。それはともかく、「あ号作戦決戦用意」の命令が、十一日朝の敵の行動に対する対抗策として、十三日夕刻に出されたのだから、ほとんど三日に近く遅れたことは動かせない事実だった。それが敵上陸前後の、防ぐ側にとって一刻千金の、それこそ地団駄を踏みたいほどの貴重な時間であっただけに、この三日の遅れは、ただでさえも味方に不利なマリアナ攻防戦に、重大な暗影を投げることになってしまった。

西川たちにとって、サイパン周辺に敵が蝟集《いしゅう》し、砲撃したり掃海したりしている様子を電報で見、それから一四〇〇浬も離れた南西のバチャン泊地にいて、これからフィリピンの東に急行、まず燃料清水の補給を受けようとしていることが、なんとも後手を打っているように思われて、やりきれない気持ちであった。

十四日のサイパン、テニアンは、前日よりも激しい艦砲射撃と爆撃に遭っていた。サイパンには、戦艦三、駆逐艦一八、テニアンには空母二、戦艦五、駆逐艦一〇が、かかりきりになっている様子であった。さすがに、国運を背負った第一航空艦隊司令部、中部太平洋方面艦隊司令部、第六艦隊司令部、第三十一軍司令部があり、それぞれ第一級の幕僚が詰めているだけあって、情況報告の電報はクシの歯を引くように来、戦況が手に取るようにわかった。わかるだけに、余計に心が焦るのを、どうしようもなかった。

豊田軍医長は、何とかの一つ覚えのように、油だ、油だといっていた。彼は、油で、何でも割り出した。小沢第一機動艦隊の所要燃料一三万九〇〇〇トンをまかなうタンカーが、六万トンしか増量されないのを聞いて、さかんに悲憤慷慨した。

「これじゃ、小沢艦隊の作戦は、一回コッキリですよ。出たらそれっきり。やり直すこともできんし、もう一回攻撃をかけることもできん。またこれは、とんでもないことになったもんだ。パレンバン、タラカンには、油がこぼれ出しているというのに」

と、ワメいた。

連合艦隊司令部や大本営が、小沢艦隊の出撃に慎重になるのも、理由があった。小沢艦隊は、マリアナの線から東には出られないのだ。タンカーがなくて、次々に油を補給しながら行くことができない。一回しか補給ができない。これは、フィルムがなくなったカメラを担いで歩くくらいのものではない。国の運命がかかっている。

確かに敵は、大胆不敵であった。

「大胆不敵ナル上陸準備作戦カ或ハ手ノコミタル欺瞞行動カ今ノトコロ不明……」

と、一航艦司令部も、敵の意図を測りかねている様子だった。

しかし、味方一航艦飛行機の移動がうまくいけば、小沢艦隊が一回コッキリのいくさしかできなくても、基地航空機で敵をとり囲んで、袋叩きにすることはできるはずだし、基地機動航空部隊は、本来、そのための決戦兵力であった。ところが、

「六月十五日迄ニ『ヤップ』集中可能機数（第二攻撃集団）五二一空銀河一六機、五二三空彗星七機、二六一空零戦一六機、二六五空零戦八機、右以外ハ搭乗員デング病ニテ当分使用ノ見込ナシ」

と、ビアク作戦のためにハルマヘラに移され、ヤップ再移動を命ぜられた第二攻撃集団指

揮官が十四日朝、報じてきた。

西川は、ミッドウェーの敗北を思い出していた。

「赤城」「加賀」「蒼龍」「飛龍」に待機していた第二次攻撃隊を、艦船攻撃から陸上攻撃に切り換えるために、魚雷を爆弾に積み換えた。積み換え終わったところで、敵空母を発見、積み換えた爆弾を、逆戻りさせて魚雷に再度積み換えた。その間、敵前で貴重すぎる時間を空費し、勝利をつかむ「時」を永遠に失った。

――われわれは、時間にルーズなのだろうか。日課の始終、出入港、軍艦旗揚げ下ろし、内火艇の発着、そんなものには時間をやかましくいうが、大切なのは、時間を「合わせる」ということではなくて、時間が「たつ」ということではないだろうか。その「たつ」時間の評価と管理をキビしくすることではないだろうか。

小沢艦隊でも、不十分な技倆の搭乗員の訓練が、タウィタウィにいるとできない。早くギマラス（フィリピン中部、パナイ島）に移らないと、ことに未完成の搭乗員の技倆は、一日一日と下がっていく。そういう声は、「野分」がタウィタウィにいたころから、やかましく出ていた。これが、最後の艦隊決戦であればあるだけ、小沢艦隊の戦力を最高のピークにまで向上させておかなければならないのに、これでは、いくさにならない。そういって、小沢艦隊司令部に飛行機乗りたちがドナリ込みにきていた。

小沢艦隊司令部の話では、ギマラスに行きたいのはヤマヤマでも、防備が進んでいないことと、防諜の上から、踏み切りかねたという。油の問題では双方ほとんど条件に差はない。しかし、搭乗員の練度が落ちるとなれば、踏み切らざるを得なくなった。それにしても、タウィタウィに入港集結以来約一ヵ月がたとうとしていた。司令部も、艦隊の安全とか、敵性人に見られて、こちらの動静が敵にわかっては困るとかいう懸念の方が、搭乗員の技倆を伸ばさねばならないという必要性よりも、大きく頭を占めていたのか。そう思ってみると、小沢艦隊司令部幕僚陣の顔ぶれは、主脳はやはり砲術・水雷出身者で、航空出身者は航空参謀二人だけ。しかも司令部全員が、母艦戦闘は初めての者ばかりであった。だから、搭乗員の技倆を上げなければならぬといっても、艦隊の保全の方に、つい注意が向く。大砲は撃てば飛ぶもの、飛行機も飛ばせば飛ぶもの——と思いがちになるのだろうか。

小沢艦隊からの電報では、小沢艦隊は十三日、タウィタウィを引き払い、ギマラスに移る予定といってきた。それが、折悪しく、敵機動部隊のサイパン空襲と重なってしまった。せめてこの決断が、あと一週間でも二週間でも前に行なわれていれば、ギマラスとその周辺の飛行基地で、若い搭乗員たちの急速再訓練、技倆の急速向上ができていたろう。ここでも時が、無為に「たっ」ていたのだ。

十五日早朝から敵大型輸送船団がサイパン、テニアンに出現、上陸を開始した。

「連合艦隊ハマリアナ方面来攻ノ敵機動部隊撃滅次デ攻略部隊ヲ殲滅セントス　あ号作戦決戦発動」

「第五基地航空部隊ハ攻撃ヲ開始セヨ」

「皇国ノ興廃此ノ一戦ニ在リ各員一層奮励努力セヨ」

朝食を終わるか終わらないころに、連合艦隊長官から一連の命令が下された。

遠く広島湾の柱島泊地にいて、次から次へと緊急信を打ってきたわけだが、「皇国ノ興廃此ノ一戦ニ在リ」といわれると、それまで連合艦隊と大本営の、戦局の緊迫した実情に焦点が合わないような作戦指導のズレに不満を持っていた者も、一転して「あ」号作戦遂行になんの躊躇もなくとび込んでいった。

これが、日本海海戦大勝利の重味というものだろうか。三〇年前の東郷元帥が、なお生きて、「三笠」の艦橋から号令をかけておられる、としか思えなかったから不思議である。「あ」号作戦決戦体制は、ようやく十五日になって、ととのった。全部出揃ったのではない。あっちを向いていたものを、こっちに向けなおした。よそに出かけていたものを、呼び戻すことにし、呼び戻されたものが、急いで帰りはじめた、ということである。

急いで帰りはじめたというものの、それらは、小兵力の逐次帰還という形をとった。病人続出で、やむを得なかったとはいえ、戦局は、全機帰着まで待つことができるほどノンビリとはしていなかった。帰った者から攻撃に出る。小兵力の逐次投入という、航空作戦にとってもっとも避けねばならぬいくさになった。したがって被害を受ける率が高くなり、未帰還機の数が、技倆の点は一時措くとしても、恐ろしいほど多くなった。

しかし、バチャン泊地から北に向かって急行する渾部隊は、意気軒昂として進撃をつづけた。

「大和」「武蔵」を中軸に、軽巡「能代」と駆逐艦七隻が一団となり、白波を蹴立てて進撃する姿は、まことに壮快ともなんともいえない見ものだった。

「やっぱり『大和』『武蔵』はスゴい。いまは飛行機の方が強いッていうが、ほんとかね。どうしても『大和』『武蔵』が弱いたア見えんがね」

西川が、用事をして、ヒョイと艦長室から出てきたとき、ちょうど艦橋の下のところで、二〇〇〇メートルのところを並航する「大和」「武蔵」を見ながら、古参の下士官二人が話していた。

「山岸上曹か」

と声をかけると、あわてて二人が敬礼した。

「加藤もか。どうだ、艦内は」

水雷科と砲術科の二人の先任下士官は、それぞれ自信に満ちており、明るく素朴で、しかも強靱であった。

「ハア、ハリキッております」

「本艦が動くと、みんな上機嫌になりますので――」

「バチャン泊地では、ご機嫌斜めだったわけか」

「はあ、そもそも泊地の名前が悪いと申しまして」

下士官と話していると、西川はいつも、心に灯がともり、勇気が湧いた。海軍で強いのは、下士官であった。下士官が、手足のなかの骨となり、兵たちの先頭に立ち、模範となり、戦った。なかでも山岸と加藤の二人は、その推進力であった。加藤上曹は、見事な口ヒゲを立てていた。人呼んで、トラという。加藤清正虎退治を連想したものらしかった。

「艦長、一度、艦内にお顔を見せていただけませんか。士気がなお上がります」

トラ上曹が言った。

山岸水雷科先任下士が、すぐ賛成した。

「そうか、よし。これから回ろう。山岸、水雷長に願いますとそう言ってきてくれ」

山岸上曹は、身をひるがえして、艦橋への階梯を駆け昇っていった。

第八章　艦長！　撃たせて下さい

舷窓を締め切った艦内は、さすがにムシブロのようだったが、それでも二人の先任下士官は、これで涼しいうちだ、という。艦内哨戒第三直哨戒で警戒航行中だったので、非番の兵たちが兵員室で休んでいた。

「艦長巡検ッ」

一番砲塔のなかに、加藤上曹が先に入って大きな声でいった。射手、旋回手、そのほかに砲尾にいた二人の兵が、いっせいに不動の姿勢をとった。

「おい、巡検というのはやめろ。オレが見にきたのじゃない。オレの顔を見せてくれというから出てきたんだ」

「申しわけありません。注目！」

「それじゃ、仰々しすぎる」

「モトイ。なんといいましょうか」

「そのままでいいんだ」

「かかれ。かかったまま」

山岸上曹が笑い出した。つりこまれて、砲員たちもニヤッとした。

「笑うな。軍人はヘラヘラ笑うもんじゃない」

加藤がヒゲをひねった。

この男、よくよく純真にできていた。

西川は、砲員たちと一言、二言話して、最上甲板の階梯を降り、上甲板の鉄扉をあけて、烹炊《ほうすい》室に入った。入るや否や、ムッとする水蒸気で、一寸先も見えない。

「おうい、烹炊長いないか」

と加藤が呼ぶと、水蒸気のなかから、ダブダブの烹炊衣を着たハダカの男が現われた。

「あ、艦長」

驚く汗みずくの顔へ、

「病人はいないな」

「おりません」

「暑くてたいへんだろう」

「いや、慣れておりますから、大丈夫です」

「何人だ」

「七名。士官烹炊室が二名です」

「うんと、うまいものをつくってやってくれ」

「はあ。夕食は、ハヤシライス、みそ汁、漬物です。あ、夜食を出します」

「今日は何だ」

「しるこです」

「よし、艦長室にも持ってこい」

「はッ」

西川は、そうそう退散した。艦橋の真下なので、風向きによっては、ことにライスカレーの日などになると、香ばしい匂いが艦橋にまで上ってきた。

「いい匂いさせますな」

当直将校の水雷長が、うらやましそうに言うのに、

「フネはハラで浮いているというからな。結構なことだ」

と言ったことを覚えていた。

烹炊室を出て、中甲板の、ちょうど烹炊室の下に、転輪羅針儀室がある。それをさらに前にいった兵員室の床のマンホールを降りると、水中聴音室と測深儀室と冷却機室が並んでいる。

水中聴音室に入った。この狭い部屋の底は、ちょっとした二重底を介して、海である。室内はなんとなくうす暗く、なんとなくヒヤリとする。

ブラウン管の前に、水測マークをつけた一等水兵が、レシーバーをかぶり、ブラウン管の、ピクピク動きながら断続して流れる青白く光る線を一心に見つめている。その線が出発点に戻るごとに、ピーンという強い音が聞こえる。

「そのまま。艦長だ」

西川は、水測兵の後ろから、一緒になって、ブラウン管をのぞきこんだ。

「フム」

「大和」「武蔵」を護衛している「野分」は、主として艦首から左方向を警戒する必要があった。

「須藤だったね」

「ハイ」

ずらしたレシーバーを手で押さえながら、若い、白い顔の兵が答えた。西川は、ふと思い出した。横須賀を出るとき、桟橋に五十を過ぎた母親らしい貧しい服装の女性と、別れ難い様子で黙って立ちつくしていたのが、この水兵であったのだ。かれは、お母さんはお元気かと、ノドまで出かかって、言葉をのみ込んだ。

「どうだ、機械の具合は」

「よく動いております」

ヒョイと振り向けた顔には、仕事に打ちこんでいる男の緊張と、自信がみえた。

「学校を出たのはこの三月だったな」

「ハイ」

「よし、潜水艦をつかまえる唯一の目だからな。しっかり頼むぞ」

「ハイ」

まだどことなく幼な顔の残る顔を紅潮させて、須藤一水は、元気いっぱいな声で答えた。

水測室を出た西川は、一緒に来ていた水測科の先任下士官に言った。

「須藤一水の当直が終わったら、オレのところによこしてくれ」

「なにか――」

先任下士官は、須藤が何か不都合でもしでかしたのかと、心配そうな目をした。

「そうじゃない。ちょっと気になることがあってな。個人的なことだ」

ようやく安心した先任下士官は、あと一時間あまりで当直が終わりますから、と約束した。

そこを出た西川艦長は、弾火薬庫をのぞいたあと、上甲板に戻り、一番煙突と二番煙突の間の一番連管に入った。

六一センチ四連装発射管で、一番煙突の右と左に二本ずつの次発装填装置を持っている。それにスッポリ楯をつけて、荒天のときでも魚雷発射ができるよう、戦力向上の工夫がしてある。

駆逐艦乗りというと、水雷科員が花であった。駆逐艦くらい、その目的がハッキリしているものはなく、九三式酸素魚雷が、絶対にアメリカよりも優れていることを確信しているだけに、またこの魚雷一本を食わせれば、重巡は撃沈、戦艦も行動不能にする実績を持っているだけに、

「艦長、撃たせて下さい」

と彼らは繰り返す。

まったく、開戦以来、「野分」が、十八年のソロモン戦で、クラ湾、コロンバンガラ沖、第一次ヴェラ・ラヴェラ海戦、それとトラックの北で撃っただけ。その他は、ほぼ船団護衛と、いまのような大艦の護衛に駆け回っただけであった。

「魚雷さえ撃てれば……」

と山岸上曹が言うと、まったくそのとおりで、護衛任務は海防艦で十分なのだ。ネズミ輸送で、ショートランドとガダルカナルとの間を三〇ノットで往復し、陸兵や食糧を積んで連日のように運送屋をつとめ、ガダルカナル北岸で飛行機にやられて沈んだ駆逐艦は、死んでも死にきれなかったに相違ない。

「このままで操法いたしましょうか」

山岸は、哨戒直の減員操法で、艦長にデモしようという。

「ウム」

西川は断わりもならず、楯につかまって立つ。

「右魚雷戦」

山岸が、顔を真ッ赤にして号令をかける。艦長と山岸との問答を聞いていた連管員は、このデモの重要性を感じたようで、バネ仕掛けのようにキビキビ動く。まったく、それは、流れるようによどみのない、いわば満点以上をつけたくなるほど見事なものであった。

「いまは、哨戒直で、固有の配置の者は半分しかおりませんので。配置につけ、をかけていただくと、これより遥かにうまくできます。なんなら……」

「わかった。駆逐艦の本領は、魚雷攻撃にある。いつ、どんな形で起こるかわからんが、軍人というものは、そのときに百発百中させるために、ふだん腕を磨いておくのが任務だ。焦るな。しかし油断するなよ」

西川は、連管員に話すのと同時に、自分自身にもいい聞かせるような調子で、それだけ言い、一番連管を出た。

二番煙突の横のラッタルは、機械操縦室兼機関指揮所に通じていた。

船体の右から左まで、底から上甲板まで、いっぱいにとった巨大なタービンが、そこにあった。

鳥の巣と称している機関指揮所に入ると、壁面にビッシリと大型のゲージが並んでおり、それから目を離さずに、煙管服に身をかためた機関科運転下士官が、操縦弁のハンドルにつき、緊張しながら、わずかずつハンドルを、右回りに、左回りに動かしていた。

機関指揮所には、機関長と機関科当直将校の大脇大尉がいた。

「なんですか、艦長」

「いや、艦内を回ってみたくなったんだ」

彼は、狭い指揮所のなかのゲージと電話が壁にところきらわず取りつけてあるのを見回し、ふと上の方に大きな速力通信器が強速を指しているのを見つけて、強い感動に打たれた。あの速力通信器のリンケージをたどっていくと、艦橋のコンパスの後ろ、通信器当番がしっかりと握りしめている速力通信器のハンドルに到達する。そのハンドルを力いっぱい回すと、チリンと音がして、針が「原速」「強速」「第一戦速」というように一コマずつ動く。同時に、機関指揮所の針が同じように一コマずつ動き、運転下士官が、操縦弁のハンドルを回し、命ぜられた速力が出るように蒸気圧力を調整する。

「どうかな、機関長。こう艦が沈むと、機関兵たちの士気が落ちるんじゃないか。艦の底の方で仕事をしていると、助かる率が少ないからね。ウチなんかどうだ」

ソロモン戦で、悪戦苦闘していたころ、かれは、古屋機関長に聞いたことがあった。

機関長は、ニヤリとして、言った。

「そんなもんじゃないですよ、機関科員というのは。機械を動かしているうちに、いつの間にかその機械に愛着をもつようになるもんです。オレがついていないと、この機械は動かない。動きつづけることはできない。機械は、力はあるが、アタマはない。人間が、そのアタマになってやる。アタマになって、機械を働かしてやる――そういう、人間と機械との一体化、不可分化――というか、なにか心が結びついて、離れられないような気持ちになるもんです。彼らは、守所を離れませんよ。守所にいると、落ちつくんです。艦の底であろうと、上甲板であろうと、受け持ちの機械のあるところを離れません。士気は落ちません。上下の信頼がある限りは。死ぬときは、どこにおっても死ぬんですからね」

ソロモン戦の前に戦ったガダルカナル攻防戦のある日、西川は、三〇ノットでとばしているとき、とつぜん後進一杯をかけたことがあった。機関長から、カマがそれじゃ爆発します、とどなってきたが、後進一杯急げ、とどなり返し、魚雷を艦首スレスレのところで危うくカワして事なきを得たことがあった。自分では、二、三日もたつと、完全に忘れていた。それほど、戦況の変転がめまぐるしく、過去のことにコダわっていられないときでもあった。それからしばらくして機関長が、おかげで機関科員の士気が大いに上がっている、という。艦長の命令どおりに艦が動くよう、ふんばっておれば、本艦は絶対に沈まん、といっている、ともいう。

「どういたしましてだ。神様でもないものを」

「いや、それでいいんですよ。信頼です、問題は。よろしくお願いします」

と、真面目な顔で、機関長がアタマを下げた。——西川は、そのときの閉口した気持ちを、思い出した。

指揮所の窓から、広い機械室のなかが見渡せた。広いといっても、マンモスのようなタービンが右と左に立ちはだかっていて、なかを人間が二人はラクに通り抜けられるようなパイプがうねうねはい回っていて、そのタービンの要所要所に人が行けるように敷いた鉄板の回廊があったりして、部屋の広さそのものはわからないが、逆にタービンの大きさが、妙に身にしみる感じであった。

西川は、指揮所のブースを出て、その鉄板の回廊を回ってみた。機関科の下士官が、あわてて軍手を持ってきた。

タービンの回転音が、ブースのなかにいるとそれほど耳につかなかったのに、一歩外に出ると、耳いっぱいにひろがり、大声を出さないと、何を言っているのか聞きとれなかった。

鉄の回廊は、天井の電灯で照らされていたが、そんなに明るくはなかった。その下で、のぞき窓のガラスをとおして、タービンの回転を見つめて身じろぎもせぬ煙管服の男がいた。

名前を思い出せなかった。

「名前は」

肩に手をかけると、びっくりして振り向いた。目がキラッと光った。

「稲垣上等機関兵です」

「そうだ。稲垣義次だったな」

「ハイ」

「なにをしている」

「タービンの回転状況と温度の管理です」

「たいへんな仕事だな」

「はあ、責任が重いです」

言いながら、その間もタービンが気になってしようがない様子であった。

「よし」

初めて、ニコッとして、敬礼すると、くるりと機械に戻り、何もかも忘れたように、またタービンに目を食い入らせた。

――魚雷を食って、海水が入ってきても、タービンが回っている限り、この男はこの場所を離れないだろう。

壮烈な、男の姿であった。

機械室の蒼白い、鋭い緊張とはいくらか違って、缶室《かま》は、緊張のなかにも、赤々と燃える活気があった。

旧式の艦と違って缶室は強圧通風になっていないので、耳の鼓膜がツーンとするわけでもなく、缶の高熱が輻射してくる程度も少なく、機械室のタービンの回転音をしばらく聞いてきた西川にとっては、缶室の方が静かなように思われた。しかし、二、三分たつうちに、タービンの回転音よりももっとハラにこたえる、重油が四〇〇度近い高熱で燃えている、ゴーッという魔神のうなりが聞こえてきた。

ものすごい——などという言葉では言い現わせない、引き込まれそうなすさまじさであった。そして、缶前に、三人の機関兵が立っており、一人は水面計を、一人はオイル・バーナーの燃え具合を、一人は蒸気圧と缶全体に注意を払って、缶前に近づいたり、ゲージをのぞいたり、無作為な動きのように見えながら、しばらく見ていると、なんとなくリズミカルで、一言も喋らないが、そこに得もいえぬハーモニーが見出された。

とつぜん、

「バーナー換え。一番用意ッ」

ドキンとするほどの声がとんだ。リズムがヒタととまると、目にもとまらぬ早さでその三人が缶前に寄り、緊張が走ると、

「よォし」

「点火」

ゴーッと新しい音がして、

「点火よォし——」

「強速の場合は、全部のバーナーを使う必要がありませんので」

汽缶下士官が、缶操縦室から出てきて、説明した。

「缶管《かまくだ》を換えると、この間いっていたが」

「はあ。換装を終わりまして、結果良好です」

「こんどの作戦では、走り回ると思うぞ」

「はあ。大丈夫です」

一人の機関兵が、缶前のカバーをあけて、焚き口を見た。

西川は、ツカツカと出ていって、缶前のカバーをあけさせ、のぞき込んだ。赤熱をとおり越して、白熱した缶床の上を、バーナーから渦を巻いて噴出しつづける重油が、一面の炎になり、ゴーッと音をたてて燃えていた。ウッと思わず身を引きたくなるほどの、想像を絶したエネルギーの奔流であった。

缶室をすませて、かれは、推力軸承室《すいりょくじくうけ》と、いちばん艦尾の舵取機室を回った。推力軸承室は、機械室のすぐ後ろに接した隔壁のなかにあり、後部機械室と一緒で、補助機械があちこちに散らばって置いてある後の方に、床から半身をのぞかせた二つの巨大な軸承があった。そして、その軸承から、ひとかかえもある推進軸が回転しながら斜め下に伸びており、舷外に突き出した先端に、ブロンズのスクリューがつき、「野分」を走らせていた。

西川が、しばらく立ちつくしていたのは、艦尾中甲板にある舵取機室だった。野分の一枚の舵を、舵軸を、ピストンでウォームとウォーム・ホイールを動かし、右に左に、舵をとっていた。操舵員が、舵輪を回す。アテ舵をとる。それが、ピストンを忙しく動かし、電灯が二つ、三つついただけのガランとした区画に、鉄と鉄のふれ合う騒音をいっぱいに響かせていた。驚いたことに、この艦尾のはずれは、一六ノットの強速でもたえまなく震動した。

——たいへんなところだな。

そう思いながら、かれは、ウォームとウォーム・ホイールにグリースをさしている機関兵を認め、近づいた。

「金子だな。よし。がんばれよ」

「がんばります」

名前を呼ばれて、うれしそうに、金子一等機関兵は、グリース・ガンを手に持ち換えて敬礼した。

西川は、自分が部下としている下士官兵たちの名前は、一人残らず覚えねばならぬ、と信じていた。名前と、あらましの境遇を知らないでいて、どうして指揮官と部下との間に血が通うだろう。しかし、今日あるいてみて、何人か、思い出せないのがいた。

(これはいかん。もう一度、試験勉強のやり直しだ)

戦争で、忙しすぎた。二〇〇人くらいの名前が覚えていられないはずはないのだ。戦争は、もの忘れもさせるものか。

艦橋に戻り、例の小さな腰かけに腰を下ろしたときは、当直はまだ水雷長のままだった。

「電報は入ったかな、マリアナから」

「完全に虚をつかれたようです」

「また奇襲か」

「それが、ひどいんです」

水雷長が、電報綴《つづり》を手渡した。

「陸軍の三十一軍司令官一行はヤップを視察中だったそうです。西カロリンの方に力を注いでいて、ルスをつかれたんですな。この分だと、マリアナは金城鉄壁である、といっていた陸軍の話も、割引して考えた方がいいかもしれません」

どうして、そんなバカなことになったのか。

そういえば、げんに、バチャン泊地から急速北上している「大和」「武蔵」「野分」などの部隊も油がないというのに、六〇〇浬南下し、何も作戦に寄与しないまま、また六〇〇浬を戻っている。ハルマヘラから急いで進出し、そこから急いで帰らされている第二攻撃集団も同格。そればかりでなく、ラバウル、トラックの強化に力を入れ、その間、マリアナ、カロリンには手をふれず、松輸送で緊急作戦輸送をするまで放置してあったのも、これも、ウラをかかれたうちに入るかもしれない。

サイパン、テニアンなどのマリアナ諸島にいた一航艦航空部隊——第一攻撃集団が、敵機動部隊の反覆攻撃によって、ほとんど壊滅したあと、残るのは、トラックにいる航空部隊と、カロリンに帰ってくる第二攻撃集団であった。

南雲中部太平洋方面艦隊長官からは、航空攻撃を上陸部隊船団に向けてくれという要請が来ていた。一航艦の現場指揮官は、攻撃目標を輸送船団においた。空母を攻撃するのは、もちろん大切だが、上陸部隊に揚がられ、飛行場を奪《と》られて、あとの作戦が行き詰まってしまうのを恐れた。

しかし連合艦隊司令部では、

『マリアナ方面陸上防備ハ今ノ所確信アルニ付当面航空攻撃目標ハ手段ヲ尽シテ専ラ敵航空兵力（空母及飛行機）ノ剿滅《そうめつ》ニ邁進セシメラレ度』

と電報を打ってきた。

「確かに、理論的には、そうには違いない。しかし、いま基地航空部隊で要害堅固な敵空母を攻撃して、成果が上がると思ってるンかね。敵サン、いまやられて一番痛いのは、上陸部隊じゃろう。『大淀』（連合艦隊旗艦）は柱島（広島湾）なんかにおっちゃダメじゃ。戦機が見えんような遠くから、理詰め一辺倒のサイハイ振るのは、やめたらどうかね。図上演習と違って、やりなおしはきかんちゅうに」

シロウト戦術家でさえ、地団駄を踏む。まさに豊田軍医長は、『西太平洋ニオイテ興奮状態ニ入レリ』であった。かれは興奮すると広島弁マル出しになる。

ともあれ、十五日のわが空襲は、勇戦にもかかわらず、大きな戦果を収めることができなかった。作戦が終わったときの可動機数は、パラオに偵察機も含めて三九機、ヤップに、二七機に減っていた。

十六日、夜明けとともに、サイパンに上陸した米軍は進撃をはじめた。艦砲射撃と爆撃で支援されながらやってくる。味方は艦砲射撃によって通信能力は壊されており、十五日の敵上陸直後の反撃もバラバラとなり効を奏せず、十六日の四十三師団による夜襲も、艦砲射撃による照明弾と優勢な火力のために不成功に終わった。

十六日の航空攻撃は、トラックから行ったものが巡洋艦部隊を攻撃して一隻撃沈。残存兵力二五機に減少した。

十七日になると、航空攻撃は、ようやく組織立って、ヤップとトラックから行なわれ、特空母LSTなどを撃沈破したが、五〇機が出撃して、未帰還二八機。ほとんど半数強が失われた。

十八日作戦終わってあとの可動兵力は、パラオ五三機、ヤップ二五機。合計七八機。

そして、この日で、ハルマヘラ方面に移動していた一航艦のほとんどがカロリンへ復帰し終わったというから、そのときの基地機動航空部隊（所定の定数一六四四機）のうち、マリアナ敵部隊攻撃に参加できるものは、この信じられないほど僅かな機数——七八機で全部、という数に激減していた。

十八日になると、サイパン攻防戦の舞台は、海上から陸上に移り、米陸上軍は全線にわたって強力な攻撃を開始、アスリート飛行場を占領して、日本軍を島の北方へ追いつめていった。

航空攻撃は、五九機が編隊を組み、敵機動部隊、上陸支援部隊の双方を全力攻撃、空母、輸送船等を雷爆撃、戦果を挙げたが、二三機未帰還。

これで、十九日に作戦できる飛行機は、基地航空部隊、内地から増援したものを含めて、ペリリュー（パラオの南隣）にある一一機。ヤップに一三機。グアムに五一機。ダバオに一二機。トラックに二六機。洗いざらい集めて一一〇機あまりが、少数ずつ、あちこちに散らばっている窮状にあった。いったい、どのようにしてこの一航艦と基地航空部隊が、小沢艦隊に策応し、「最後の艦隊決戦」——日本の運命を決する戦いを戦おうとするのであろうか。

第九章　敵レーダー管制と戦う

「野分」は、「大和」「武蔵」などと北上をつづけるうち、十五日午後六時には、タンカー三隻（護衛の駆逐艦四隻）と落ち合い、十六日早朝から、洋上補給をしながら北に向かった。その日の午後三時半、補給を終わったところで、主力部隊に合同。こんどは主力部隊の巡洋艦、駆逐艦が洋上補給を開始して、十七日午後三時半に補給を終わり、そこで全艦艇を次のように編制替えした。

本　隊

甲部隊／「大鳳」「瑞鶴」「翔鶴」（一航戦）
「妙高」「羽黒」「矢矧」、駆逐艦一一隻

乙部隊／「隼鷹」「飛鷹」「龍鳳」（二航戦）
「長門」「最上」、駆逐艦六隻

前　衛

第二艦隊／「千歳」「千代田」「瑞鳳」（三航戦）
「愛宕」「高雄」「摩耶」「鳥海」、「大和」「武蔵」「金剛」「榛名」「熊野」「鈴谷」「利根」「筑摩」「能代」、駆逐艦九隻

「おや」

と西川は、妙な顔をして、この艦隊のレイアウトを見直した。

タウィタウィでの図上演習のときは、そんなにも思わなかったが（それが、幕僚業務などということに不得手な西川中佐の欠点なのだろうが）、なぜまた、二艦隊の「大和」「武蔵」をはじめ、高速戦艦、重巡八隻の強打部隊を、三航戦などの改装空母につけ、それを、一番大切な一航戦から一〇〇浬も前方に出し、一航戦、二航戦には、重巡または戦艦合わせて二隻に、一航戦にはそれに軽巡一隻のおマケをつけただけで、ほうり出しておくのだろう。もし、敵が、こちらの注文どおり前衛に引っかかってくれず、直接、本隊にかかってきたとき

は、どうするのか。

彼は、手早く計算してみた。

甲部隊／一航戦についている警戒部隊の対空砲数高角砲（一二・七センチなど）八六門、
対空機銃二一〇

乙部隊／二航戦警戒部隊高角砲五二門、対空機銃一三六

前衛／三航戦を警戒する第二艦隊艦艇高角砲一九四門、対空機銃六八三

砲力では圧倒的に前衛が優勢である。なるほど、また夜戦をやるつもりなんだ。夜戦は、立ち上がりが一〇〇浬でなければならぬ。空母同士の決戦なのだから、そんな近くに敵が寄ってくるはずはない。夜戦なんか起こるはずはないと思われるのだが、夜戦と空母を護ることを兼ねて、本隊の方を見事に手薄にした。起こるはずもない夜戦が起こると考えるのは、幕僚のアタマがよすぎるせいか。

アタマのいい点では、西川は、これらの幕僚たちに勝る自信はなかったが、イクサをとらえる点では、彼らにヒケはとらんぞ、と信じていた。

「搭乗員も若くてイクサは初めてだし、司令部も空母同士の決戦は、みんな、初めてだ。ウマすぎるイクサをしようとするなよ――」

タウイタウィにいたとき、図上演習の場で、小沢艦隊司令部の生野参謀に耳打ちした。

「――オレの経験では、初めてのものには、とくべつ噛み砕いた、やさしいやり方にしてや

らないと、部下が自分のすることに確信が持てない。これならオレでもやれると確信させんと、結果がよくない」

しかし、生野中佐は、

「心配するな。なにしろ程度の低い、バランスのとれぬ兵力で勝たにゃいかんのだから、苦労しておる。油もないしな。それには、徹底的にデータを洗い出して、細かいところから築き上げていかんとダメだ。長官も、あらゆる角度から検討を命ぜられる。絶対に手ぬかりのない計画を立てておる」

と自信満々であった。

「いや、問題は、その一〇〇点満点の計画にあるんだ。それを実施に移すものが、それだけの能力を持っていなければ……」

「大丈夫だよ。心配するな」

というところまでで、生野中佐は、参謀長に呼ばれてあたふたと去り、話が途切れてしまった。

計画の立案、検討に没頭していると、完全な計画を立てることに熱中するあまり、その計画を実行するものの理解力、実行力、識量などを、計画者の都合のいいように、知らず知らず考えを変えてくる。実際と遊離してくる。こうなると、計画が一分のスキもない完全なものであればあるほど、科学的、合理的に組織立てられたものであればあるほど、実行がむずかしくなり、失敗したときの手キズが大きく、深くなる。

アウトレーンジ戦法も、その一つだと思った。

あまりにも計画が巧妙に過ぎ、完全に過ぎ、いわばムシがよすぎるのである。

この西川の懸念に対して、豊田軍医長、いわゆるシロウト戦術家が、面白いことを言った。

「こっちのタマが届くのに、向こうのタマは届かないようにするということでは、東郷元帥のT字戦法は、厳密にはアウトレーンジ戦法じゃないけれども、一種のアウトレーンジ戦法ですな。つまり、敵味方どちらもタマが届くところまで近寄りながら、向こうよりこちらのタマの方が多く敵に届く。決定打を多く与える。肉を切らせて骨を切る。ところが、こんどのアウトレーンジ戦法は、肉を切らせないで、相手の骨を切ろうとしていますよ。肉を切らせないで骨を切ろうとすると、ムリが出ます。イクサというのは、肉を切らせて骨を切るのが根本原理じゃないですか。『T字戦法』は、根本原理にかなっています。真珠湾じゃ、相手の攻撃圏内に入っていって、奇襲で相手が攻撃できないように縛ってしまった。これは、『T字戦法』の考えです。相手を縛って、こちらを攻撃できないようにウマく押さえつけたら、日本海海戦なみの大戦果が上がった。こんどのアウトレーンジ戦法は、肉を切らさないで骨を切ろうという、たたかいの原理から外れたムリがある。それをゴマかすウデのある真珠湾生き残りの搭乗員がいないから、こりゃ苦しいですわ」

と。

生野参謀の説明はこうだった。——三航戦に二艦隊をつけて、本隊から一〇〇浬前に出す。偵察は、水偵でやる。二艦隊は零式水偵三六機、零式観測機六機を持っている。大偵察網が、本隊の一〇〇浬前を基点に張れる。これが、二艦隊を前衛として前に出した理由だ。また二艦隊は、砲力で圧倒的だ。もし敵がとび込んできたら、その圧倒的な対空砲火でタタキ落としてしまう。そういう意味からは、前衛は一種のオトリでもある。敵機をここで吸収してしまうわけだ。

まだある。好機が来たら夜戦にもち込む。敵機は脚が短いから二〇〇浬のところまで近寄ってくる。ところが、二艦隊は一〇〇浬踏み込んだところから発動するのだから、ミッドウエーの轍はふまない。十分夜戦は成功する。

「長官が強調された戦法だよ。敵との距離四〇〇ないし四五〇浬で飛行機隊を飛び出させる。すぐ空母は全速力で敵方に突っ込み、飛行機隊を収容して、反復攻撃する。どうだ、すばらしいだろう。これで日本は勝てるのだ。いや、これしか日本には、勝つ手はないのだ」

生野参謀の危機感は、けっしてわからないわけではないが、豊田軍医長の「T字戦法論」にも、一理も二理もあるように思われる。しょせん、イクサは相手があるもの。こっちの都合ばかり考えていては、成り立たぬではないか。ギヴ・アンド・テイクが人間関係、社会成立の根本だが、戦争も——いやこれこそムキ出しの社会対社会の関係だ。テイク・アンド・テイクなどは、ムシがよすぎて、とうてい成り立つものではないだろう。

艦長巡回のあと、おそるおそる艦長室にやってきた水中探信儀係の須藤一水は、気持ちがほぐれてくると、かれが戦死したあと、母はどうなるのか、生きていけるだろうかと、さかんに聞きたがった。遺族扶助料というものがあって、国家がチャンと面倒を見てくれるから、心配するな、と教えながら、一等水兵の遺族はいったい、いくら貰えるのだろうかと、いささか不安になった。国家と水兵との人間関係である。尽忠報国だとか、一死奉公とかいいながら、働き手をなくした遺されたものが、安んじて生活していけないようであったら、国は忠良な水兵から、生命も遺族の生活も奪うことになり、それこそ、テイク・アンド・テイクになってしまう。

軍人が戦争で死ぬのは当然だとしても、こんど内地に帰ったら、なんとか陸上の勤務につけてやることを考える必要があるなと、須藤一水のひたむきな、アタマのよさそうな、だからこそ一人残された母親が、杖とも柱とも頼っているであろう顔と目を見ながら、ひそかに心に決めた西川であった。もっとも、そのころは、マリアナは上陸してきた敵と、まだ激しく戦っており、そこからB‐29が飛び立って、本土の都市を焼尽させるのはまだまだずっとあとのことであった。

「艦長、傍受電報ですが」

といって、暗号員の下士官が、電報を持ってきた。

連合艦隊参謀長から第五基地航空部隊に宛てたもので、

『現下マリアナ方面ノ戦況ノ打開ハ輸送船団ヲ攻撃スルコトニ依リ求メ得ルニアラズ。速ニ我制空下マリアナ基地ノ使用ヲ可能ナラシメ我機動部隊ノ決戦ト策応シテ敵機動部隊ヲ撃滅スルヲ以テ抜本塞源ノ方策トナス。故ニ第一攻撃目標ハ徒ニ眼前事象ニ拘泥スルコトナク全攻撃力ヲ専ラ空母ニ指向シ、我機動部隊戦闘加入前少クトモ敵航空母艦ノ三分ノ一ヲ撃沈ノ作戦目的ヲ克ク認識セシメラレ度』

とあった。

西川は、それをそのときの当直であった伊藤中尉に渡したが、この内容に、なんともいえぬチグハグさを感じて、心が暗くなるのをどうすることもできなかった。

連合艦隊は、遠い広島湾にいて、新任の豊田司令長官は、着任以来一度も戦場を見回っていず、したがって現場の様子がのみこめず、基地航空部隊が今いったい何機残っていて、どんないくさをしているのかがつかめないまま、美辞麗句を連ね、さかんに大声を発してサイハイを振り回しているのではないか。

敵機動部隊の空母を三分の一食ってくれることは、この上なく望ましいし、ありがたいが、いったい現在の基地航空部隊に、それだけの力があるのか。

第一攻撃集団は、マリアナにいて、空襲のためにほとんど壊滅していた。第二、第三攻撃集団は、デング熱にやられた搭乗員が多く、したがって少数機の散発的攻撃を加えるだけで、敵空母部隊には歯が立たないでいた。

味方機の技倆が、下がっていることは知っていたが、こんなにも低下していようとは、西川は夢にも考えていなかった。攻撃隊が出ても、被害が非常に多い。半数以上帰ってこない。その理由は、実は、敵の対空防御力が飛躍的に増大したからでもあった。レーダーと近接信管（ＶＴ信管）はソロモン戦のころから現われ、味方機の被害をウナギ登りに大きくしたが、こんどはそれに上乗せして、邀撃戦闘機のレーダー管制というところまで発展していた。敵機の接近をレーダーでとらえて、空中で待機している戦闘機に、どこに行けと命ずるのだ。こうなると、隠密接敵もなにも、あったものではない。

味方には、捜索用レーダーこそようやく実用期に入っていたが、ＶＴ信管はなかった。邀撃戦闘機のレーダー管制などとんでもない。戦前からの、相も変わらぬ射法で、的針、的速を測り、風向、風速を加味し、測距儀で距離を計り、照準器で狙って、見越し方向に向かって引き金を引く。忙しくなると、腰ダメ射撃。砲術万能の日本海軍であるはずなのに、一体、どうしてこんなミジメなことになったのか――。

読み終わって顔を上げた伊藤中尉が、西川に向かって、はずんだ声でいった。

「三分の一沈めてくれるんですか。こりゃ勝ったな」

確かに、士気旺盛。負けそうだ、などと考えているものは、まず、いない。

無理もない。真珠湾なみの構想によって創設された第一航空艦隊の飛行機は、定数で一六四四機。これに第一機動艦隊の飛行機が、偵察機も入れて、定数四九二機（実数四八一機）。合わせて定数二一三六機。アメリカはいつも、五八機動部隊の飛行機一〇〇〇機といっているのだが、それをウのみにしたとしても、日本の方が二倍強の兵力である。

この昭和十九年六月の苦しいときに、よくまあ敵の二倍の兵力を揃えたものと、だれも感動をもって見た「あ」号作戦計画の数字であった。その感動はいまも忘れ得ないほど鮮烈であった。

「こりゃ勝ったな」

立ち上がる以前から、だれもがそう思っていた。

「野分」の士官室も、ときどき軍医長が奇想天外のことを言うだけで、みな同意見だった。

駆逐艦の電信室は、狭く、受信器もなく、電信員も暗号員も限られている。直属指揮官以外からの電波は、待ち受ける余裕がない。「野分」は、だから、第一航空艦隊や中部太平洋方面艦隊に属する基地航空部隊がどんな戦いを戦っており、保有機数、ことに現在の可動機数が何機あるか、などについては、知らない。知ることができない。

それだから、西川は、機会があると上級司令部を訪ね、顔見知りの、あるいはクラスメートの参謀から、その時点での作戦全般の推移を聞いてくる。全体のヴィジョンをつかんでくる。

しかし、それは、あくまでも「その時点」でのヴィジョンであった。急速に変転する戦局の実相から、西川はもとより、「野分」が取り残されていくのは、しかたがなかった。

連合艦隊参謀長が、敵空母の三分の一を撃沈する作戦目的を達成せよ、とか、輸送船の攻撃しやすいのをやめて空母をやれ、とかいっているのを見ると、西川自身も、かれの心配が杞憂《きゆう》であって、この様子では、作戦が順調に進み、空母同士の、確信のある「あ」号作戦が実施できる見通しを持っているのだなと、ほッと安堵をするのであった。

六月十六日、小沢部隊と合同した日は、天候が悪かった。雨で、ことに視界が悪く、これでうまく合同できるだろうかと危ぶみもしたが、結局小沢部隊とも予定どおり合同を終わり、小沢部隊は燃料の洋上補給を開始した。

補給は、航行しながらのもので、十六日朝からはじめた渾部隊の補給のときは、そう大げさではなかったが、小沢部隊には空母がいる。補給中の三隻のタンカーと艦船のまわりを空母がゆっくり回りながら、飛行機を飛ばせて対潜警戒にあたるのだから、賑やかな補給であった。

昼夜兼行の洋上補給をつづけた六月十七日は、朝から次第に天候が回復してきた。

対潜警戒機が発艦する。洋上補給というのは、なかなかヒマがかかるもので、母親の乳房を、いつまでも赤ン坊が離さないのと同じである。まだ、敵機動部隊には遠いが、敵潜水艦が現われたら大変。ハラをすかせた駆逐艦のうちには、途中で補給を中止されたら、動けなくなるものも出てくるはずだ。

小沢艦隊では、昼ごろ「大鳳」から飛行機一機をパラオに出して、電報を打たせた。うっかり電波を出すと、すぐ方向探知器で測られて、艦隊の位置を敵に知らせてしまう恐れがあった。

電報の内容は、あらまし、

『機動部隊ハ十七日夕刻補給ヲ終了後、十九日零時サイパンノ西方ニ進出、マズ敵正規空母群ヲ撃摧シ、ツイデ全力ヲ挙ゲテ敵機動部隊オヨビ攻略部隊ヲ覆滅セントス。

基地航空部隊ヘノ協力要望
一、マリアナ付近正規空母ヘノ夜間触接、不能ナラバ正子《しょうね》頃ノ正規空母ノ配備速報
二、マリアナ西方海面ノ哨戒
三、八幡空襲部隊兵力展開ノ見込速報』
で、連合艦隊、第五基地航空部隊、中部太平洋方面艦隊に宛てたものだったが、あとで聞くとどうも、どこからも返事が来なかったという。

ヘンなことだ。小沢艦隊としては、一番大切な依頼電報であるのに、どこからもナシのツブテであったのは、どこからもこの要請が無視されたのか、あるいはどこもこの要請に応えられなかったから、とでもいうのであろうか。

さらにおかしいのは、その小沢艦隊も基地航空部隊の実情をよく知っていないことであっ

た。まさか、そのとき現在、定数の一六四四機が機首を並べているとは思っていなかったろうが、それにしても、十九日の可動機数が、なにもかも混ぜて一一〇機しかなく、初めの雄大な構想どおりの作戦など、とうていできなくなっているとは、夢にも思っていなかった。だから、これから「最後の艦隊決戦」を挑もうとする小沢艦隊に対して、基地航空部隊が敵空母に夜間接触して協力するのは当然のことだし、また、そうしてくれているものと信じ込んでいた。ところが、事実は夜間接触がされなかった。小沢艦隊は、十八日朝になって、自分の手で敵空母部隊を探さねばならなかった。

補給は、午後三時半に終わった。

小沢艦隊は、いよいよ決戦海面であるサイパンの西に向かって、進撃を開始した。

小沢司令長官は、全艦隊に信号を送った。

『機動部隊ハ今ヨリ進撃　敵ヲ索メ之ヲ撃滅セントス　天佑ヲ確信シ各員奮励努力セヨ』

連合艦隊長官から電報が入った。

『大海（大本営海軍部）幕僚長ヲ経テ左ノ如キ御言葉アリタリ「此ノタビノ作戦ハ国家ノ興隆ニ関スル重大ナルモノナレバ日本海海戦ノ如キ立派ナル戦果ヲ挙グルヨウ作戦部隊ノ奮励ヲ望ム」』

そして、ほとんど同じころ、南雲中部太平洋方面艦隊長官の電報が来た。

『一、敵上陸以来連夜夜襲ヲ決行セシモ敵陣堅固ニシテ未ダ成功セズ。敵ハ第一飛行場ニ対シ攻撃ヲ指向シ来レリ。

二、輸送任務部隊ノ電話ニヨレバ敵ハ本日ヲモッテ揚搭ヲ終了、上陸兵力ハ約三コ師ト判断ス。

三、本日敵飛行艇五、泊地ニ着水セルヲ認ム。本日敵艦上機ノ陸戦協力減少セリ。

四、テニアン、グアム島ニ対シテハ直チニ上陸作戦ヲ行ハザルモノト判明。

前諸項ニ依リ、サイパンニ対スル敵ノ第一次上陸作戦ハ一段落ニ近キ感アリ。空母ノ大部、当方面ヲ去リタル算アリ。あ号作戦ノ遅延ハ戦機ヲ逸スル虞アルノミナラズ、当地ノ確保モ困難ヲ加ウルモノト認ム』

十八日午前五時、小沢艦隊は一団となり東方（針路六〇度）へ、速力二〇ノットで進撃、索敵機一六機（未帰還二機）を出した。続いて午前十一時と十一時三十五分に索敵機一五機（四機未帰還）を出す。ここで、一機が敵機動部隊を発見、触接していたが、午後七時十五分自爆した。両軍の距離三八〇浬。

この日、基地航空部隊が、ペリリューから陸攻九機を出して敵を捜したけれども、四機未帰還、敵情不明。緒戦のマレー沖航空戦で、最新鋭戦艦プリンス・オヴ・ウェールズとレパルスを屠り、航空機と戦艦のどちらが強いかの世界的な論争に終止符を打った双発長距離雷爆撃機陸攻も、そのころになると、性能が目立って悪化し、敵と戦って勝つことができず、未帰還が非常に多い。

小沢艦隊旗艦「大鳳」から、発光信号による命令が、次々に伝えられた。そのハイライトは、

『敵機動部隊ハ午後二時頃サイパン西方一六〇浬ニアリト認ム　当隊ハ一時避退シタル後北上　明朝北方ノ敵ヲ捕捉撃滅シタル後、東方ノ機動部隊ヲ撃滅セントス』

であった。

この日は朝から、空母の飛行甲板には、攻撃準備を整えた艦載機が、出発を待ちあぐねていた。

『皇国ノ興廃此ノ一戦ニアリ』が十五日出され、「天佑ヲ確信シ各員奮励努力セヨ』が昨日出され、陛下の『しっかりやれ』との御声援をいただいた搭乗員たちは、恐らく、「野分」乗員以上に、奮い立っていたはずである。

西川もわれながら血湧き肉躍る気持ちにとらわれてくる。士官たちも、乗員も、次第に気が張りつめ、心が高ぶる。強弓を、キリキリと引き絞り、グッと力を溜めて満を持する、その心と似てくる。

突然、三航戦の「千代田」から、ブーッと遠い爆音をひびかせて、攻撃隊がとび出した。

攻撃隊の、二五〇キロ爆弾を抱えた零戦（爆戦）が次々に発艦する。戦闘機にそんな重いものを乗せているので、いささかヨタヨタしていて、やっとのことで小型空母から飛び上が

る。

だれもが、度胆を抜かれた。

「えらいことをはじめた――」

呆気にとられて見ているうちに、やがて「大鳳」から、攻撃待機解除の命令がきた。誤ってとび出した「千代田」の攻撃隊は、その後一時間あまりのうちに、着艦して誤発進さわぎは終わったが、このとき発艦をしくじって、爆戦一機が海中に突っ込んだと報ぜられた。

練度が低い、とはよくいわれるが、それが「国民精神総動員」とか、「必勝の信念」などと同じように、抽象概念としては、とらえられていても、具体的なものとしては、案外とらえられていないのではないか。西川はやりきれなかった。

どうやら単独飛行まではできるようになった飛行時間わずか一〇〇時間から一五〇時間の若年搭乗員が、戦局急迫のために、空母に乗せられ、戦場に出て来た。

爆戦隊は、爆撃オンリーで、空中戦の訓練は全然やっていない。爆撃前に敵機が来たら、どうしたらいいのか知らないし、爆撃後に敵機と遭っても空中戦の方法を知らないのだから、撃墜されるより仕方がない。

艦攻隊は、攻撃訓練が主で、それも攻撃のしかたを教えたまでで、命中率を引き上げるところまではいかなかった。以前は、動いている艦にたいしての爆撃訓練で九機で九発命中させたことがあったが、いま九機でいって一発も命中しないことが多かった。航法訓練はとてもダメで、指揮官機のアトをくっついていくだけ。指揮官機が墜とされると、どうしていいかわからなくなった。島影ひとつ見えない茫洋たる海——戦場では、敵弾を受けなくとも、機位を失し、味方の空母に帰ろうとしている間に、燃料がなくなり、そのまま海上に不時着、沈没することになる。艦爆隊も、艦攻隊と大同小異。総合訓練はまだできていない。

それを、タウィタウィの一ヵ月で、ミッチリ一人前の戦闘ができるまでに特訓をするつもりだった。それが、敵潜水艦の跳梁で、二回しか飛ぶ機会が得られなかった。これではいけないと、一ヵ月後にギマラスに移ることにした、そのとき、「あ」号作戦決戦用意の命令が出て、ギマラスでの特訓がお流れになった。

ウデが上がらなかった、というだけではない。飛行機は乗っていないとウデが下がる。ことに、ようやく単独飛行ができる程度のウデでは、一ヵ月も乗らずにいると、ガックリ落ちる。なにも、搭乗員が悪いのではない。ウデを上げる機会を与えられないのだ。若く、士気が高く、生命を捨てて国の危急を救おうと決心していた若年搭乗員であっただけに、それだけ西川は胸を裂かれる。

アウトレーンジ戦法でなければ勝てない、という構想は、話がウマすぎるところを除けば、間違っているとはいえないが、それでは、それを実行する搭乗員は、敵をアウトレーンジするのに必要な大遠距離編隊飛行ができるのか。いや、大遠距離を飛んで、そこで敵との空戦をやり、これに勝つことができるのか。それを潜り抜けて敵空母に殺到できるのか。雷爆撃を終わったあと、小沢部隊に帰って来ることができるのか。

日本海海戦前の鎮海湾での実弾射撃訓練では、東郷連合艦隊司令長官は、手弁当で、毎日訓練場に出かけ、士気の鼓舞に努めると同時に、将兵の実力を目で見て確かめ、口づての話でない実体の知識と判断を土台に、日本海海戦に対する作戦計画を立てて成功した。小沢艦隊では、だれがこれを確認したのか。

もし、確認しないまま、ずるずると時日がたち、司令部のアタマは机の方にばかり向いていて、作戦計画をああでもない、こうでもないと検討、再検討を繰り返し、一〇〇パーセント近い必勝の手を練り上げたとしても、極言すれば、それは「机上の決戦」に勝ったことになるだけではないのか。

西川が、そう強く憂慮するには、理由があった。ガダルカナル当時、西川たちと大本営、海軍省、連合艦隊司令部、との間にそれは起こった。

ガダルカナルの戦況は、容易ならぬ悪相を呈し、零戦はもはやオールマイティではなくなっていた。敵にレーダーや、VT(近接感応)信管が現われ、飛行機と艦艇がめまぐるしいテンポでこわいほど失われた。苦戦というより、もう難戦の姿を見せていたが、中央には、いっこうに実情が反映しなかった。戦場ではまさしく消耗戦になっているのに、それに対する施策と実行が、いつも後手を打った。戦局に計画と準備が追い抜かれた。兵力も資材も質が落ち、間に合わないから小出しになった。山本長官の「闘士をして空拳に泣かしむる惨」

が戦局全般を支配していた。

いつのころか、豊田軍医長が言っていた。

「心臓移植ですか。不可能とはいえませんね。ですが、心臓を移植しなければならないほど心臓が弱り切っている患者ですと、腎臓、肝臓、膵臓などもそれに伴って弱り切ってますよ。そこへ健康な心臓を移植する。移植した心臓が若々しい活動をはじめる。そうすると、弱り切った腎臓、肝臓、膵臓は、移植された健康な心臓の急出現についていけなくなる。患者は死ぬ。つまり、移植手術が成功する機会は、手術の必要がないほど、心臓を含めて身体全体がしっかりしているとき。手術が不成功の場合は、心臓がダメになって、移植を必要とするとき、ということになりますな」

軍医長は、そう言って、パラドックスを楽しむように、ニヤリと笑ったが、西川は、それをふと思い出し、とんでもない連想に狼狽した。

——アウトレーンジが成功したとするなら、それはアウトレーンジをしなくても勝てるときであり、アウトレーンジが成功しないときこそ、アウトレーンジを必要とするときではないのか。つまり、アウトレーンジ戦法には、操縦法、航法、疲労による能力低下、緊張の長すぎる持続による思考力、集中力の鈍化、敏感でなければならぬ反応の減耗などの、これに付随するマイナスがあり、これは、真珠湾攻撃時代のベテラン搭乗員にはワケなく乗り越えられるカベであるが、「あ」号作戦時代の技倆不足の搭乗員には、とうてい乗り越えられないカべではないのか。

「航空自滅戦——ということかな」

と、バチャン泊地で洩らしていた基地航空部隊参謀の嘆きは、小沢機動艦隊航空部隊にもいえるのではないのか。

ともあれ、敵を前にしての、決戦を控えての一夜は、何事もなく静かに更けていった。午後八時、三航戦と二艦隊が前衛となり、本隊と一〇〇浬の距離をとるために行動を開始し、本隊は一航戦と二航戦。「野分」は、その二航戦の、空母「隼鷹」「飛鷹」「龍鳳」の部隊についた。

第十章　裏切られた期待

六月十九日になった。

小沢艦隊は、いよいよ日本海軍「最後の艦隊決戦」を戦うために、午前三時、スタートを切った。

真っ暗であった。星もなかった。

一航戦（大鳳、翔鶴、瑞鶴）を基準として、その北一五キロに二航戦、一航戦の前方一〇〇浬に前衛――二艦隊と三航戦（千代田、千歳、瑞鳳）。

針路五〇度（北東方）、速力二〇ノット。

午前三時半に第一段索敵機（二艦隊の水偵）一六機、四時十五分に第二段索敵機（三航戦の艦攻一三、水偵一）一四機、第三段索敵機（一航戦の彗星艦爆一〇、天山艦攻二、水偵二）一四機が出発した。

日の出は、午前五時二十二分。

この日、曇。ところどころに雨雲。

空一面低い雲におおわれ、うす暗く、視界不良。

レーダーを持つ敵。目でしか敵を見ることのできない味方。一方的に味方が不利な天候だが、そんなことにこだわっていられないギリギリの決戦当日。

勇躍とび出した索敵機は、水偵はもともと偵察が本職だが、一航戦から出た彗星一〇、天山二の搭乗員は、古参の、単機長距離飛行ができる者、当時としては、ベテランたちであった。当然、攻撃隊におけば、リーダーになるはずの者で、それを偵察にとられるのは痛かったが、そんなことはいっていられなかった。ミッドウェーで大失敗して以来、ようやく、偵察重視を身にしみて実行している姿であった。そうしなければ、敵を見つけることはおろか、そこまで（単機で）飛んでいくことがむずかしかった。

午前六時三十分ころになると、索敵機から、次々に敵機動部隊発見の電報が入ってきた。

それは、ミッドウェーのときのように、『敵ラシキモノ見ユ』と打ってきて、気をもませるものではなかった。

『空母ヲ含ム敵部隊見ユ、空母数不明、針路西、〇六三〇』

『〇六三〇、敵兵力ハ戦艦四ソノ他十数隻、空母不明、進行方向不明』

それは四分後には追報された。

『空母ヲ含ム敵部隊見ユ、空母隻数不明』

さらに約三〇分たって、

『敵兵力ニ大型空母四ヲ追加ス』と打ってきた。

また、そのほかにも、

『〇六三四、サイパンノ二六四度一六〇浬ニ敵空母大型一、戦艦ソノ他十数隻、針路西』

『〇八四五　グアムノ東方約七〇浬ニ敵正規空母三、戦艦五ソノ他十数隻、針路二四〇度』

『〇九〇〇「七イ」（地点符字）ノ北方五〇浬敵空母大型一、特空母二、戦艦一、駆逐艦五』

などと打ってきて、索敵にベテランを割いた効果は、テキ面であった。

敵機動部隊三群が発見された。その一つに対しては触接機が敵をとらえて離さなかった。

彼我の相対地歩は、小沢艦隊に一方的に有利であった。ミッドウェーのときの日米艦隊の条件が逆になった。小沢艦隊は、まったく敵機に見られておらず、発見されていないのに、敵機動部隊の全貌をとらえた。もし、日本機の技倆が、ベテランとはいわずとも、少なくとも一人前以上であったならば、ミッドウェーのときのアメリカ艦隊と同様、作戦が図に乗り、完全に日本の奇襲が成り立っていたろう。

このとき、敵との距離は、前衛が三〇〇浬、本隊が三八〇浬。まさに小沢艦隊司令部としては最高の出来栄え。敵の攻撃圏外からアウトレーンジした第一撃を加えるには、願ってもない位置に進撃することができたのであった。

「野分」など六隻の駆逐艦と、「長門」「最上」が警戒している二航戦各艦の飛行甲板には、零戦、爆戦、天山（艦攻）計五一機が、待機していた。

七時半になると、一航戦が飛行機を出したらしく、豆粒のような黒点が、南の方を東へとまとまって進むのが見えた。

「敵との距離三八〇浬――」

津野航海長が、海図台から顔を出した。

「――遠いですなあ。真珠湾のときだって二〇〇浬だった」

「成算があるんだろうな、司令部は」

水雷長が、心配しているときのクセで、頭を振った。

「大丈夫ですよ」

砲術長は、いつも明るい。

「――勘定してみたんですが、小沢艦隊の第一次攻撃隊は二六五機です。真珠湾のときが、全部で一八三機でしたから、こりゃ空前です。やりますよ。二六五機が、ごうごう空を圧して征くんだ。――それにしちゃ、二航戦の出発が遅いですな」

と目を転じた。

なるほど、「隼鷹」「飛鷹」「龍鳳」の飛行甲板には、プロペラを回しながら、まだ飛行機隊がいた。そこへ「大鳳」が近づいてきて、さかんに発光信号をしている。

「速カニ攻撃隊ヲ発進セヨです」

「ご催促だな」

砲術長がいう。水雷長がかぶせて、

「ウチの司令部のツラいところだろう。二航戦はとくに練度が低いのだから、自分のところだけでも、できるだけ近寄って出したいのだよ。しかし、それでは協同攻撃にならんしな」

「それが戦争というものだ。いったん動き出したら、一緒に走るしかない」

西川がポツリといった。

八時半ごろ、ブーッと「隼鷹」から一番機がとび出した。「飛鷹」からも、島型の艦橋がない一枚甲板の「龍鳳」からも、舞い上がった。三隻の飛行甲板の上を、姿勢を低くして矢のように突っ走る飛行機が、艦首を切れる手前からフワリと空中に浮き、次々に糸を引いたように発艦する光景は、西川でさえ、無条件で胸が躍った。

あの飛行機が、「最後の艦隊決戦」に、日本の運命を担い、全海軍の期待を負って戦いに行くのだ。主力をなすのは、二十歳から、二十二、三歳の青年たちであった。西川が「隼鷹」に打ち合わせにいったとき、飛行甲板や搭乗員室で会った彼らは、一様にシッカリしていた。彼と二言、三言話した搭乗員は、揃って明るく、目が美しく、言葉もハキハキしていて、好感がもてた。口々にいった。

「こんどのイクサは、私たちでやります。生還は期していません。ご安心下さい」

西川は感動した。同時に、息苦しくさえなった。なんとしても、この搭乗員たちを、敵空母の上空にとりつかせてやりたい。犬死にさせてはならぬ。

「野分」は、「飛鷹」から目を離さず、その横について走った。風に立って飛行機を発艦、着艦させているときの空母は、一番弱い。狙われやすい。ミッドウェーのときのように、大事をひき起こしやすい。

「信号兵は『飛鷹』を見ておれ。見張員は潜水艦を見張れ。気を散らすな」

西川も大声になった。どんな犠牲を払っても、彼らを無事に発艦させてやらねばならぬ。雷跡を発見したら、即座に「飛鷹」との間に突っ込むハラを固めた。「野分」が沈むよりは、飛行機を全機、とどこおりなく発進させることの方が、この場合、たいせつであった。

発艦中、しばらく一航戦が見えていた。煙突が艦橋の上に立っているせいか、「大鳳」が非常に大きく見えた。飛行甲板には、「大鳳」「翔鶴」「瑞鶴」の三隻とも、飛行機が並べられていた。恐らく、第二次攻撃隊であろう。

二航戦の飛行機隊は、やがて編隊を組み、東の厚い雲のなかに消えていった。一機の落伍もなかった。

「艦長、大丈夫でしょうか」

津野航海長が、声を潜めた。蒼い顔になっていた。

「敵との距離三八〇浬というと、一五〇ノットで二時間かかります。一度、源田参謀、あの真珠湾の源田参謀の話を聞いたのですが、航空攻撃のときは、発進してから適当なウォーミングアップが必要で、時間にして発進後三〇分ないし一時間したあとでなければならない。それより早くても、遅くてもいけないということでしたが——」

さっきまで、ファイト満々の様子だったものが、それを思い出したら、急に不安になったらしい。

西川は、キツい目を向けた。

「津野中尉、祈れ。祈るよりしかたがない」

もはや、矢は弦を離れていた。祈るほか、何ができよう。

しばらく、艦橋を沈黙が支配した。

そのうちに、どうにもたまらなくなったように、砲術長が口を切った。

「へんですね。針路一二〇度というと、敵から離れていきます。小沢部隊の作戦方針では、飛行機を出したら全速力で敵に向かって突っ込むことになっていたのですが。突っ込むなら、針路は六〇度でなきゃなりません」

「そうじゃないんだよ」

水雷長が制した。

「針路一二〇度は、アウトレーンジのためだ。敵との間合いを四〇〇浬にするためだ」

「四〇〇浬？　そうすると搭乗員は、往復八〇〇浬を飛んで、その上に空戦と攻撃運動をすることになる」

「それがアウトレーンジだ」

「それじゃアウトレーンジというのは、空母は絶対安全なところにいて、飛行機に全部荷を背負わせて、それで勝とうという……」

「おい、鉄砲（砲術長）、やめろ。いまおれたちには、現在の任務に全力をあげる以外、祈るしかないことを忘れるな」

西川は、沈痛な表情だった。「あ」号作戦は、現実に冷厳に進行していた。敵に勝ち得るウデを与えられる訓練もロクにしてもらえず、訓練不足が何を意味するかも知ることができず、指揮官機に手を引かれるようにして、懸命に飛びつづけている若い搭乗員たちは、いま、どのあたりを、どんな顔をして飛んでいるのか。

情におぼれているのではなかった。西川は、若い搭乗員たちと、頭のいい司令部の考えたアウトレーンジ戦法との間に、ゾッとするような死の峡谷が横たわっているのに気づいていた。そしてこれが、最後の艦隊決戦であることを、十分すぎるほど理解していればいるほど、敵から四〇〇浬もの遠くのところで、搭乗員の戦いの成果を待つよりほかにしかたがない、祈るよりしかたがないまわりあわせに、悲しさを感ずるのであった。

ガダルカナルで、ソロモンで、駆逐艦ばかり使やぁがる、などと口ぎたなくののしっていても、自分たちが縦横無尽に暴れ回る毎日の充足感——たとえたいへんな地獄図であったにせよ——充足感はあった。ところがいまは、祈るより方法がなかった。

——一機の敵機も見えない。潜水艦も来ない。まったく敵の姿のないところを、「飛鷹」と並んで、針路一二〇度で走った。

すぐ西川のそばの右舷大型望遠鏡には、いつものように、渡辺上曹がついていた。メガネの視野を、たえずオーバラップさせながら、慎重に、無心に、ジリッ、ジリッと望遠鏡を動かしていく。

西川は、渡辺上曹をみつめる。

何が見えているであろうか。

かれは今日まで、渡辺上曹の見張りの力によって、「野分」を浮かせたまま、戦いつづけてくることができた。かれの能力に、全幅信頼をおいて、戦いにのぞんだ。

——静かに静かに動いていたメガネが、ピタリと止まる。じいっと確認するわずかなインターバルをおいて、ややカン高い声で、潜望鏡、とか、飛行機、とか、艦影、とか、雷跡とかいう。西川は、いつも渡辺上曹の第一声で、躊躇なく対応策をとった。それで、いままで、誤たなかった。レーダーよりも、ずっと確かだ。

しかし、今日の戦闘は、渡辺上曹も見ることができぬところで戦われていた。

——三航戦（前衛）の第一次攻撃隊六七機（爆戦四三、天山艦攻七、零戦一四）は、七時

二十五分発進、六時三十七分に発見された「第一の敵」に向かった。

この隊は、零戦に二五〇キロ爆弾を持たせた「爆戦」が主力で、これがまず先行して敵空母の飛行甲板に穴をあけ、飛行機の発着艦ができないようにし、そこへあとから出た本モノの雷撃機、爆撃機が襲いかかって一挙に敵の息の根を止めるのが狙いであった。しかし、戦闘機に二五〇キロ爆弾を積むのだから、しかも単独の戦闘機にそれだけの荷重をかけるのだから、性能は落ち、同時に操縦がむずかしくなるのは致し方なかった。ただし爆弾を投下したあとは、忽然として零戦二一型としての戦闘力に立ち戻る。爆撃機変じて戦闘機になる。高性能の艦爆（彗星）、艦攻（天山）が絶対に不足していたために、誰か知恵者が案を出した苦肉の策であった。

本ものの雷撃、爆撃は、一航戦第一次攻撃隊艦爆（彗星）五三、艦攻（天山）二七、零戦四八。ほかに前路索敵隊・天山二、計一二八機が担当する。これが小沢艦隊航空部隊の主力となる。

二航戦第一次攻撃隊は、艦攻（天山）七、爆戦二五、零戦一七よりなる爆戦中心の編制。三航戦第一次攻撃隊同様の任務が与えられた。

最初に（午前七時二十五分）とび出した三航戦第一次攻撃隊が、三〇〇浬離れた「第一の敵」にとりつくまでの所要時間は、約二時間。主体となる爆戦のパイロットには、長く、遠い二時間である。

三航戦から約三〇分遅れて出発した一航戦主力機隊は、一航戦が三航戦空母より約八〇浬後方にいるので、約一時間航程だけ三航戦飛行機隊の後方から進撃を開始したことになった。目標は、三航戦と同じ「第一の敵」。この隊は、進撃の途中、何気なく三航戦・前衛の上空にさしかかり（ベテランだったら、そんなことはしない）、三航戦と前衛部隊から敵と間違えられて射撃され、味方のタマで彗星二機が撃ち墜とされた。そのほかの数機が損傷を受け、編隊が混乱したが、戦争である。再び編隊を整えながら、勇を鼓して前進を続けた。

一航戦主力飛行機隊が、全航程の四分の三を飛んだころ、敵部隊にあと二〇浬に迫った三航戦の爆戦主体の攻撃隊は、上空に待ち構えていた優勢なグラマン戦闘機に襲いかかられた。二五〇キロ爆弾を抱え、機動性を悪くしている上に、操縦がむずかしかった。疲れ切った搭乗員は、空中戦の方法を知らなかった。ただ真一文字に敵空母部隊に迫っていった。戦友がボロボロ撃ち墜とされた。凄惨な死闘だった。いや、彼らは闘えなかった。撃たれるまでに、一歩でも敵に近づこうとした。死に物狂いで、タマの下を潜りながら、無二無三に敵空母のなかに突撃していった。

こうして戦いともいえぬ戦いを戦った爆戦隊は、幸運にも生き残った搭乗員の数人が空母一、巡洋艦一に二五〇キロ一発ずつを命中させ、その他空母三隻にも命中弾をたたきつけた。

護衛の零戦隊は、空戦でグラマン六機を撃墜したといわれるが、戦い終わった味方の損害は、驚くほど多かった――爆戦四三のうち三一、天山七のうち二、零戦一四のうち八が還らなかった。

前衛上空で味方撃ちをされた一航戦第一次攻撃隊は、三航戦がとらえた敵に、それより約一時間遅れて到達、同じグラマン約四〇機の奇襲を受け、三航戦飛行機隊の場合と劣らぬ死闘が繰りひろげられた。戦果を確かめる余裕さえなく、したがって、どんな攻撃が行なわれたのか、何を攻撃したのか、そもそも戦闘がどう動いたのかもわからなかった。損害甚大。天山二九のうち二四、彗星五三のうち四二、零戦四八のうち三二が自爆未帰還、ほかに「大鳳」に帰ったのち戦死した零戦搭乗員二、前衛に不時着した彗星二という惨たる結果であった。

三航戦と一航戦は、第一次攻撃隊の場合、ともかくも「第一の敵」にたどりついたからよかったものの、二航戦第一次攻撃隊の場合は、そう「恵まれ」てはいなかった。

最初のツマズキは、同じ二航戦の第一次攻撃隊でありながら、発艦したあと、うまく空中集合ができず、二つに分かれてしまい、おのおの別行動をとったところからはじまった。大編隊飛行の訓練など、一度もしたことがないからであった。天山七、爆戦九、零戦一三の編隊と、爆戦一六、零戦四の二つの隊ができてしまい、一緒になることができなかった。

このまま、「第一の敵」に向かって進撃をはじめたのち三〇分たったころ、司令部から、午前九時、偵察機が発見した、さらに五〇浬遠いところにいる「第二の敵」に目標の変更を命ぜられた。

この第二の敵の報告位置は、偵察機の技倆が不足で、実は北に五〇浬ズレていた。その上に、九時に発見した「第二の敵」の位置に二航戦飛行機隊が到着したのが二時間四五分たってからだったので、もうそのあたり、どう捜してみても敵を発見できなかった。

さんざ捜したあと、あきらめた指揮官は、目標を「第一の敵」に変えることに決心し、そこから「第一の敵」に向かって急ぐ途中、不意にグラマン四〇機以上がとびかかってきた。空戦数分、グラマン四機を撃墜したが、味方も零戦一自爆、未帰還爆戦五、天山一。

この部隊は、そんなことで、敵空母を攻撃できないまま、被害を受けて出発七時間後に帰投した。別行動をとったものは、結局、何もつかまず、敵機にも遭わず、それより二時間半前に帰艦していた。

「第一の敵」「第二の敵」には、ともかく第一次攻撃隊の全力が当てられたが、もう一つ、偵察機が朝八時四十五分に発見した「第三の敵」がいた。

この「第三の敵」は、正規空母三、戦艦五、その他十数隻という一グループ。小沢艦隊司令部では、これに第二次攻撃隊の全力を向けることを発令した。

一航戦第二次攻撃隊は、天山四、爆戦一〇、零戦四。

二航戦第二次攻撃隊は、艦爆が主力。彗星艦爆隊と九九式艦爆隊の二つに分かれ、彗星艦爆隊は彗星九、零戦六、九九式艦爆隊は九九艦爆二七、零戦二〇、天山艦攻三。この二種類の艦爆は、最高速力八ノットも彗星の方が速いので、一緒に出られず、時間差発進をして、途中で合同する計画になっていた。

三航戦第二次攻撃隊は、他の隊の第一次攻撃隊が燃料カツカツで、あるいは被弾損傷して帰ってきて、本隊に帰る途中、八〇浬近いところにいる三航戦に助けを求め、緊急着艦してくるものが続出し、その応援に大童であったため、とうとう自分のところの第二次攻撃隊は出せずじまいになった。

第二次攻撃隊は、一、二航戦とも、ほぼ十時半ごろ前後して発艦、「第三の敵」に向かったわけだが、技倆不足はいかんともできない。まず、「第三の敵」を発見した偵察機の位置が違っていた。つぎに、一航戦の隊は、天山三と零戦四の隊と天山一、爆戦一〇の隊とに分かれてしまい、天山隊は目標を発見できず、爆戦隊は一応予定地点まで行ったものの、部隊がバラバラになって、その後どうしたか、まったくわからない。帰ってきたのは爆戦二機だけ。

二航戦の方は、出発時から、二グループに分かれて出たが、そのとき敵との距離三五〇浬。九九艦爆には往復はムリな遠さだったので、ロタまたはグアム島に着陸することにして出ていった。この二グループは、午後一時半ころ予定地点に着いたが敵がいない。付近五〇浬を探してみても敵を見ないので、彗星隊の方はロタに向かい、着陸しようとしたところ、ロタのすぐそばに敵機動部隊を発見、彗星六、零戦二が攻撃、彗星五、零戦一が未帰還となった。九九艦爆隊の方は、午後三時ころグアム上空に到着、着陸しようとするところを待ち伏せていたグラマン約三〇に襲われ、空戦を交えたが、艦爆二七のうち九、零戦二〇のうち一四、天山三のうち三が失われ、そのほかにも不時着や大破したものがあり、飛べるものは艦爆九だけとなった。

——このような、意外とも悲惨ともいいようのない結果になったことは、もちろん戦場では、その場ではわからなかった。「野分」では疑念は持っていたが、だからといって、まさかこんな結果になろうとは夢想もしなかった。小沢艦隊の司令部も、戦況は味方に有利に進んでいるものと信じていた。連合艦隊でも、大本営でも同じであった。

——アウトレーンジは完璧であり、敵機動部隊はその三群をとらえたし、味方は敵に知られていなかった。しかも、敵が攻撃をかけてくる前に、画に描いたような先制攻撃をかけることができた。あと、飛行機隊が、予定計画どおりに飛んでいさえすれば、大戦果は疑いなしと考えた。期待に胸をふくらませて、情報を待った。

十二時ころから三隻の空母が海上に視界いっぱいにひろがり、帰ってくる飛行機の収容にあたった。「野分」は「飛鷹」について、飛行機が海上に不時着水したら、すぐとんでいって拾い上げようと身構えていた。

ぽつぽつ飛行機が帰ってくる。空母は風に立って、南東に向かって走る。手持ち無沙汰をかこつほど、不時着水するものはいなかった。

午後二時ころ南西方向に、真っ黒な一本の煙の柱が見えた。なんだろうといいながら、しだいに近づいているうちに、それが二本となり、一本になり、やがてそれは一航戦の空母であり、燃えているのがどうも「大鳳」らしいとわかってきた。

二時ごろ、「矢矧」から、

「『翔鶴』沈没。われ人員救助中」

といってきたが、まさか不沈空母の「翔鶴」が沈もうとは思ってもみなかった。

そのうちに、海面に広く、黒いものがひろがり、そこだけ波が静かになっているところをみつけ、近よってみると、そのあたり一面におびただしい重油が流れ、木片、箱などが散らばり、浮いていた。——「翔鶴」がここで沈んだのだ。

見張員をふやして、十分に見張らせた。が、人は一人も浮いていなかった。

「大鳳」は、数キロ先で、燃えていた。南の海の太陽のせいだろうが、それが燃えている「大鳳」のせいだと思えるほど、熱く、火勢が強く、煙が濃く、高く天に沖した。

どうしてこんなことになったのか、「野分」の艦橋では、まったく様子がつかめなかった。

朝から、敵機は一機も来ていないし、また来たにしても、二五〇キロ爆弾には耐えられる飛行甲板を持っているはずの超空母であった。

「潜水艦でしょうか。それにしても一発や二発の魚雷で、こんなことになるはずはないんだが」

水雷長が、「大鳳」を遠く見ながら、うめいた。

味方機が、三時半すぎても、まだボツボツと帰ってくるので、「野分」は列を解けない。

一方、「大鳳」の火勢は、もう手がつけられなくなっており、そばにいた重巡「羽黒」も、護衛の駆逐艦も、少し離れたところまで下がって、艦のまわりを回っている。そうしているうちに、「大鳳」は左にすうッと横倒しになり、あッといったときには、もう水面から姿を消していた。

西川は、黙って椅子を立ち、水面から少し離れ、立ち昇っている黒煙の方に向かって敬礼した。艦橋にいたものはむろん、上甲板に立って、心配げに見つめていた水兵たちも、立ちつくしたまま、敬礼をし、別れを惜しんだ。

漠然とした不安が、「大鳳」「翔鶴」二隻の主力空母の沈没によって、次第にハッキリした形をととのえていた。

――この作戦は負けるのではないだろうか。

第十一章　「飛鷹」に敵弾命中ッ！

その十九日の夕方までは、しかし、敗戦の確証はほとんど見られなかった。「大鳳」が沈み、小沢長官がまず駆逐艦「若月」に、ついで重巡「羽黒」に移り、「羽黒」に中将旗が高く掲げられていた。

戦果についての報告は来なかった。被害もわからなかった。指揮官機からワレ突撃ス、とはいってきたが、そのあと、ナシのつぶてだった。帰って来た飛行機の搭乗員たちも、バラバラな進撃をしたらしく、総合的な戦果の確報を持ち帰っていなかった。

しかし、そういう断片的な話でも、大まかにまとめてみると、おぼろげながら、実状がうかがえた。敵機動部隊の前方にグラマンの壁があって、それに奇襲され、敵空母にナダレ込む以前に、爆弾や魚雷を抱えたまま、撃墜され、自爆し、不時着沈没したものが相当数にのぼったことは、ほぼ間違いがなさそうであった。つまり、敵機動部隊の上空にいかないうちに、グラマンにやられたらしいのである。だからといって、それはまだ、小沢艦隊司令部の大勝利の予想をくつがえす力にはならなかった。

空母に帰投した飛行機は、なるほど一〇二機だけで、意外に少ないけれども、付近にはロタがあり、グアムがあり、ヤップもある。恐らくそれらの陸上基地に、相当数の空母機が着陸しているだろう。艦隊が補給をすませたあと、陣容を立て直し、陸上基地に着陸した飛行機を呼び集めて、二十二日に捲き直しの再決戦をやろう——。

このとき、「大鳳」が沈んだのが、大きな不運であった。

小沢艦隊司令部が「大鳳」から駆逐艦「若月」に移ると、トタンに通信能力が「野分」と同じレベルにガタ落ちした。艦隊司令部の作戦指揮をとどこおりなく実行することから見れば、目と耳を塞がれたのと同じであった。

「大鳳」が大爆発を起こしたのが二時半で、将旗を「羽黒」に移したのが四時六分であった。翌二十日正午、「瑞鶴」に移るまで、通信能力が不十分であった。

小沢艦隊司令部は、一番大事なときに、指揮能力がなくなり、さらに半日以上、戦況を正確につかむことができず、半信半疑のまま作戦を進めていった。敵にレーダーとＶＴ信管があるのは知っていたが、戦闘機のレーダーによる管制が行なわれていようとは、司令部も知らなかった。

十九日夕刻から、小沢艦隊は北西に動きはじめた。

司令部は、「瑞鶴」から「第一次攻撃前路索敵機ガ三航戦爆戦隊ニ大型空母ニ命中、一大巡ニ命中ヲ確認セル外、帰着機何レモ戦果ヲ確認シアラズ」と報告してきても、まだそれを信じられなかった。そんな戦果のあがらぬはずはないのである。

二十日は、天候が回復した。黎明索敵機がとび出し、そのうちの二機は、敵艦上機を発見、二機は未帰還となった。なんとなく、雲あしの速い朝であった。

小沢艦隊は予定どおり洋上補給を開始する。そのうちに、基地航空部隊が、敵機動部隊を発見、報告してきたが、それを小沢艦隊司令部では、小沢艦隊を誤認したものと考え、別に処置をとらず、補給を続行し、その間に旗艦を「羽黒」から「瑞鶴」に変更した。

旗艦を変更している間に、午後の索敵機七機が発進し、午後二時ごろ、また敵艦上機を認めた。四時には艦上機約二〇が小沢部隊に向かっていることを報告して来、四時十五分には敵機動部隊発見の報が入った。一方、敵大型機が、小沢艦隊上空に触接し、動静を電報している様子がわかった。

そこで初めて敵機動部隊が追いすがってきていることに気づいた小沢艦隊は、午後三時過ぎ、とりあえず補給を中止し、高速避退を開始した。決戦再興を二十二日と考え、まさか敵機動部隊が追ってこようとは思っていなかったための、決断の遅れであった。

小沢長官は、敵発見を知ると、まず雷撃機による攻撃と、前衛の水上部隊による夜戦を命じた。

その雷撃機（天山七）が発艦して間もなく、午後五時半ころ、敵艦上機約一五〇機が、一、二航戦、前衛部隊、タンカー部隊に分かれて襲いかかった。これを迎え撃つもの戦闘機一九、爆戦七。

「飛鷹」護衛中の「野分」は、「飛鷹」が飛行機を発艦させるために、本隊から離れ、風に立とうとして一隻だけ逆方向にとび出していくのを警戒しながら走っていた。

そのときだった。三航戦（千代田、千歳、瑞鳳）の上空に、とつぜん、対空砲火が炸裂するのを見た。

「対空戦闘」

夕陽がキラキラして、敵機が非常に見えにくかった。

「飛鷹」が最大戦速二六ノットに上げた。「野分」も、すぐこれにならう。

と、「飛鷹」の艦首、三〇〇〇メートルくらいから、銀色のアヴェンジャーが、矢のように降っていくのが見えた。

「撃ち方はじめ」

と叫ぶやいなや、主砲と機銃が撃ちはじめた。一四梃の機銃の曳痕弾が、まるでホースで水をかけているように飛んだ。

西川艦長は、血走った目を、カッと見開いていた。「飛鷹」は、大きな船体をゆすりながら、爆弾を避け、唐突に、右に、左に、大角度の転舵をする。「野分」は、それと十分の距離を保ちながら、射撃効果を上げる。

「二航戦の上空、敵機約四〇機」

渡辺上曹の声が、艦長の号令の間をぬう。

いるな――と思う。

しかし、敵機は、不思議なほど「野分」には目もくれず、「飛鷹」だけに集中する。

「隼鷹」「龍鳳」は、少し離れて、ひとかたまりになり、「山雲」「満潮」を従えて回避運動に大童である。

「飛鷹」のわきに、飛行甲板の三倍、四倍もある水柱が、ドウッと立った。息を呑んで見ていると、その水柱の間から、特徴のある高く、外に曲がった大きな煙突と艦橋が、何事もなかったように姿を現わす。

そのたびに「飛鷹」は、大角度の転舵をして、水面に白い、壮大なウェーキを曳きながら、猛然と敵機を撃ち、突進する。

「野分」がアヴェンジャー一機を仕止めた。爆弾を落とした直後、パッと閃光を発したと思うと、次の瞬間には真っ黒な、思いもかけぬ大量の煙を吐き、空中にその煙の弧を描きながら落下して、水煙を上げて水面に撃突した。

機銃員たちは、ワアッと喚声を上げ、大いに自信をつけ、士気があがる。次の瞬間からは、ひときわ猛烈に撃ち続ける。

そのあと「野分」のアタマ越しに、「飛鷹」に向かって逆落としに降っていったアヴェンジャーが、機首を起こして「飛鷹」の艦尾の方にすり抜けていったあと、「飛鷹」の艦橋の後ろのあたりで、カッと閃光がとび、爆煙が噴き出した。

「やったッ」

「『飛鷹』に敵弾命中ッ」

艦橋の誰かが大声を上げた。

しかし、爆煙が去ったあと、横から見たところでは、ほとんど異状はないようであった。

そのとき、魚雷を抱いたアヴェンジャーが六機、「飛鷹」の右前方、「野分」の左前方から「飛鷹」に向かって突っ込んでいった。

「野分」の艦首の主砲が、轟然と発射した。爆風と砲煙が、息がつまりそうな塊となって、艦橋をないだ。

閃光と同時に、アヴェンジャー六機のうち二機が、一団の黒煙となった。あと四機。その三機が、こわくなったのか、とても命中しそうにない遠いところから、魚雷を投下してキューッと右に大きく回り、一目散に逃げていった。

ところが、あとの一機、ただ一機が、ほとんど「野分」の全部の機銃に撃たれ、「飛鷹」の高角砲、機銃も撃ち続けているに違いないのに、そのままワキメもふらず、すうっと一直線に突っ込んでいく。

「あれだ。あいつを撃てッ、撃て、撃てッ」

伊藤中尉の割れ鐘のような声が、艦橋まで聞こえるが、それでも墜ちない。「飛鷹」は取舵をとっていた。舵のとりかたが逆である。さきほどの急降下爆撃機を回避するために取舵をとった、そのままではないか。危ないぞ、と思ったトタン、西川は水を浴びたように戦慄した。命中する――。その瞬間、アヴェンジャーにボッと炎が上がり、黒煙がかたまって空中に残った。

しめた。撃墜した、と一転して安堵しようとしたとき、火と黒煙に機体をまったく包まれたアヴェンジャーから、キラリと魚雷が投下された。絶好の射点での発射だ。

しまった。祈るように、汗ばむ手を握って凝視しているうちに、「飛鷹」はなおも取舵のまま、艦尾をどんどん魚雷の走っている方に振っていく。あッと叫んだときには、右舷の機械室のあたりに飛行甲板までの高さの三倍、四倍もあるものすごい水柱がヌウッと立ち上り、「野分」の艦橋にも、あわてて物につかまるほどのひどいショックが伝わってきた。

「艦橋。魚雷があたったのか」

機関指揮所からあわただしく電話で聞いてくるのへ、西川は、

「本艦ではない。『飛鷹』だ」

と答えた。

「機関長より艦長へ――」

また電話である。

「――本艦に命中したら、早目に知らせて下さい」

思わず苦笑した西川は、伝令に、

「承知した、といえ」

と命じた。

「飛鷹」は、みるみる速力が落ちていった。撃ち墜とされたアヴェンジャーの黒煙が、渦巻きながら空に噴き上げるすさまじさが、「飛鷹」の艦尾をかわって、「野分」からマトモに見えるようになったが、自分の生命と引き換えに、「飛鷹」に魚雷を命中させたそのアメリカ青年の闘魂には、心臓を逆撫でされるすごさがあった。

――しだいに、夜の暗さがはいよってきた。

ストップしたままで動かない「飛鷹」のまわりには、「野分」一隻のほかに、「長門」と「隼鷹」が寄ってきた。

さかんに、発光信号が交換される。

「飛鷹」からは、右舷機はダメだが、左舷だけでも一八ノットは出せるから心配いらぬ。目下一軸運転の準備中だ、という意味の信号が送られた。

西川は、ほッとした。一軸運転ができれば、自力回航はなんとかできる。だが、それも、早く動けるようにならないと、明朝また敵機の空襲を受ける恐れがある。西川は、探信儀室に、敵潜水艦の警戒を命じた。ときどき速力を落として、精密探信をしながら、彼は「飛鷹」のまわりを大きく回った。「飛鷹」が動けるようになるまで、つづけるハラであった。

やがて、飛行機を収容するために近づいた小沢艦隊旗艦「瑞鶴」から、

「乙部隊ハ速ヤカニ北西方ニ退避セヨ」

と命じてきた。

「長門」と「隼鷹」は、去った。

「野分」の艦橋にも、静寂が来た。

あれほど暑かった南西太平洋も、夜ともなれば、さすがに涼しい風が渡り、薄色のコンパスの灯、時計の夜光塗料が、真っ暗な艦橋の闇に、ぼうッと光っていた。

「艦長」

押さえた、静かな軍医長の声だった。

「どうもわれわれは、完全に敵の計略にひっかかったのじゃないでしょうか。アウトレーンジなどといって、敵をまんまとやっつけたと思い込んでいましたが……」

「ほう――」

西川は、なにか、興味をそそられた。

「逸をもって労を待たれたんですよ。敵だって、やる気にさえなれば、突っ込んでくることくらいできるはずです。前衛との距離三〇〇浬だから、二〇ノットで五時間走れば、今日の

ような攻撃は、できたでしょう。それをあえて突ッ込まないで、戦闘機を空母群の前に出して、そこで日本機の全滅を狙った。東郷元帥の日本海海戦のアイデアをそっくりもらって、飛行機でやった。二時間も飛んで、疲れ切ってヨタヨタとたどりついた小沢艦隊の飛行機を、待ち構えていて。飛行機の性能も違っています。私は想像するんですがね。二時間、一生懸命に飛び続けて、あと何十浬かで敵に届くというときに、奇襲をかけられ、海に墜ちていった搭乗員たちの心中はどうだったろうか。それを思うと、私など、戦争との取ッくみ方がまだ甘かったような気がしてきました」

「なるほど」

西川は、暗さで見えないが、豊田軍医大尉の表情が見えるような気がした。

「どうも、日本は、アメリカを日本の目で見ているのではないか。自分の都合のいいワクをはめてしか見ていないのではないか。彼らの方が、われわれより一枚上手なのではないか。それとも、何かが根本的に違うのか。そのへん、まだつかんでいませんが、このままでは、日本海軍は勝てない、そうとしか思えなくなったのです」

そのとき、まったく不意に、「飛鷹」に巨大な火柱が立った。かあッと、「野分」の艦橋が、明るくなり、闇が裂けて、西川や、豊田や、渡辺上曹や、当直の山本水雷長の顔を、意外に近く浮かび上がらせた。

同時に、船体そのものが、下からグッと突き上げられたような、ショックを感じた。

「魚雷かッ」

「違うようです——」

水雷長が答えた。

「『飛鷹』の誘爆でしょう」

水雷長の声には、沈痛なカゲがあった。艦内の爆弾、魚雷、砲弾などが、艦内を駆けめぐる火や熱気のために自爆しはじめたら、艦の生命はそれで終わりである。ことに空母には、大量のガソリンが積まれている。ガソリンが火の滝となって、爆弾や魚雷や船体や、乗員たちに、火をつけて回る。ミッドウェーでの「赤城」「加賀」「蒼龍」「飛龍」がそれであった。

昨日の「大鳳」が、それであった。

「飛鷹」は日本郵船の北米航路の定期大型客船出雲丸を改造したものであり、初めから戦時空母改造を条件に建造されただけに、空母としての性能は、速力が二五・五ノットしか出ない以外、「飛龍」型とほとんど同様の威力を持っていた。だが、もともと商船であるだけに、船体の防御はゼロに近い。魚雷を食えば、一本だけで沈むのは、むしろ当然。誘爆を起こせば、正規空母の「飛龍」より脆いのも、当然であった。

ドオッと、火の柱が「飛鷹」の後部から上がった。

「潜水艦を見張れ」——

西川は、腹に力をいれて、どなった。

大型空母が、夜の闇のなかで身をふるわせて燃えている。「野分」の乗員の目も注意も、人間であれば、誰の目も吸い寄せられる。敵潜水艦の目も、吸い寄せる。

いまは、「長門」「隼鷹」も去り、他の駆逐艦も去って、燃える「飛鷹」のそばの闇にいるものは、「野分」一隻。西川艦長は、潜水艦見張りを渡辺たち見張員にまかせて、「飛鷹」に注意を集めながら、水雷長に、艦をジワジワと「飛鷹」の近くにもっていかせる。

「飛鷹」が、しだいに大きくなった。火勢も、ますます強くなる。それをメガネで見ていた津野航海長が、

「艦長、おかしいです。『飛鷹』の消防ポンプから水が出ていません。兵隊が蛇管を引っぱっているんですが」

間髪をいれず、水雷長が、

「そばまでいって、水をかけてやりましょうか」

「届くか」

「やってみます」

「よし」

西川は、あらゆる手段をつくそう、「飛鷹」の防火に全力をあげてみよう、と決心した。

かれらは、「飛鷹」に対しても、責任があった。防火援助はもとより、もし「飛鷹」が沈没したならば、その乗員を一人でも多く救い上げ、安全なところに運んでやらなければなら

なかった。彼は、腕組みをして、「飛鷹」の方に顔を向けた。燃える「飛鷹」をにらみながら、起こり得るあらゆる最悪の事態を想定し、ひとつひとつ対応策を考え、腹案を練り上げていった。

水雷長は、防火と他艦船火災とを一緒にした、奇妙な号令をかけ、機関長に艦長の意思を連絡した。

「よしきた。引き受けたぞ。艦長によろしくいってくれ」

機関長のはずんだ声が、伝令の受話器をとおして、こぼれてきた。機関長陣頭指揮のもとに、消防ポンプの全力運転がはじまるのである。西川と山本水雷長は、顔を見合わせ、微笑みあった。

「野分」の艦内が、活動をはじめた。真っ暗ななかで、手早く上甲板に何本もの白いホースが引き出され、筒先がそれぞれ取り付けられた。

「筒先は左舷に出せ」

西川が命じた。

黒い雨衣に身を固めた兵たちが、筒先についた。数えてみると、一〇本ばかりが見えた。

「機関長より艦長へ。ポンプをかけます」

「よし」

「野分」は、右回りに大きく回って、「飛鷹」の艦尾に近づいていった。一〇本あまりのホースからは、いっせいに、おびただしい水を吐き出した。壮絶な水の放列が、あたり一面、滝をかけたように飛び、飛沫で夜の闇が真っ白になった。

「こりゃいかん。水責めだ」

豊田軍医長が、頓狂な声を上げた。見ると、かれは雨衣を着ていなかった。

「艦長。お客さんが来たときの治療用意をします。水族館だよ、こりゃたまらん」

捨てゼリフを残して、軍医長は艦橋から消えていった。

「飛鷹」の火は、中部に向かって燃えひろがっていて、火勢が衰えるどころか、いっそう強くなったように見えた。

「野分」は、「飛鷹」の右舷後部に近づいた。

消防ポンプがフル回転し、左舷の筒先から飛ぶ水が、「飛鷹」の舷側にぶつかって、ザアザアと流れ落ちた。

「筒先をもっと上げろ。四五度」

近寄ってみると、いまさらのように、「飛鷹」の大きさを感じた。「野分」の艦橋よりも、飛行甲板の方が、はるかに高い。「飛鷹」の艦橋は、「野分」のマストの頂上よりも、もっと高いところにあった。

しかし、機関長たちが、全力をあげて回している消防ポンプは、筒先を四五度にしたら、舷側を越えて、飛行甲板のどのあたりかに水を送りつけた。

「当直将校より機関長へ。いまの調子で願います」

水雷長が、伝令に伝えさせた。返事が、ふるっていた。

「当直将校へ。上もガンバレ。下もガンバッておる」

第十二章　「飛鷹」艦長、艦と運命を共にす

「野分」の、懸命の努力も、「飛鷹」の火を消すことはできなかった。火が、中部甲板に回り、前へ前へと火の舌を伸ばしていく。上甲板、中甲板の応急弾薬庫が誘爆をはじめたらしく、間歇的《かんけつ》に、ドドーンと爆発音がし、外から見ていてもわかるくらい「飛鷹」の船体を震わせ、飛行甲板を吹き飛ばし、一団の黒煙を噴き上げると、入り口という入り口から缶の焚き口のなかの色のような火焔を吐き出し、爆弾や魚雷が炸裂して、真ッ白に灼けた破片を、ところかまわずまき散らした。

「筒先は急いで鉄兜をかぶれ。上甲板に出る者は弾片に注意しろ」

伝令が、あわてて艦内に駆けて回った。

（そろそろ、いかんな）

西川は、破片が艦に落ちかからないよう、慎重に艦をもっていかせた。

（もう、総員退艦をかけんと、助かる者まで助からなくなる）

少し前の方にすすんで、「飛鷹」の艦橋を仰いだとき、そこから誰かがメガホンで叫びおろしてきた。

「『野分』、ありがとう。残念だが、間もなく総員を退艦させる。前部付近で、乗員救助に当たられたい」

艦長の声だろうか、副長だろうか。チラと疑問が頭をかすめたが、それよりも、早く次の用意にかからねばならなかった。

西川は、放水をやめさせ、「飛鷹」から少し離れて、溺者救助準備にかからせた。

「飛鷹」では、「総員上へ、前甲板に集合」の号令がかけられたらしく、白服の下士官兵たちが、負傷者を抱えたり、肩につかまらせたりしながら、前甲板に次々に出てきた。

前甲板では、筏が組まれて、水面に下ろされ、人がそれに乗り移った。

「水雷長。本艦のボートをやって引っ張らせよう。それから内火艇を下ろそう。航海長。君行って指揮してくれ。一人も残さず連れてくるんだ。あ、それから本艦の信号に注意しておれ」

「承知しました」

若い航海長は、身をひるがえすと、艦橋をとび出していった。

危険を承知の作業であった。タイマツのように燃える「飛鷹」の火焔は、闇夜の提灯と同じで、どこからでも見えるのである。潜水艦や夜間偵察機が、いつ攻撃を加えてくるかわからなかった。「野分」としての安全を考えるならば、ボートを出さず、いつでも走り出せる用意をしておくのが定法だった。しかし、西川は、機関を待機させたほか、そうしなかった。助かる者は、助けなければならぬ。ここは、サイパンから七〇〇浬。トラック島の場合のように、泳いでも行けた距離とは違うのである。

「艦長。軍医長より、戦時治療室、治療用意よし」

「軍医長へ。ガンバレ、とやれ」

そう返事して、西川は、豊田軍医長のへんな報告に、闇のなかでニヤリとした。恐らく彼は、引き金を握るつもりでメスを振るい、発射ボタンを押すつもりで薬を注射するのだろう。

その間にも、「飛鷹」は、沈みつつあった。飛行甲板が、「野分」の艦橋から、少しずつ見えてきた。右舷に傾きはじめた。

前甲板には、兵たちが目白押しに集まっていた。飛行甲板の一番前のところに、数個の人影があった。艦長と生き残った士官たちだろう。すでに火は、中部を越え、誘爆が依然として続き、上甲板ワキにある機銃座のハッチからも、火の手が突き出され、艦橋を燃え上がらせた。夜の闇にそびえ立つ、火に包まれた艦橋の姿は、落城寸前の燃える天守閣のように見えた。

西川は、艦をそろそろと近づけていった。とび込んでくる者の泳ぐ距離を短くし、一人でも多く助けるためであった。

やがて艦長の訓示が終わったらしく、誘爆の不吉な音と、遠雷のような火の燃える音の間から、万歳を三唱する声が聞こえ、前甲板の人影がザワめいた。さてこそとび込みがはじまるぞ、と身構えると、ザワめきがピタッととまり、こんどは、「海行かば」の合唱が聞こえてきた。

西川は、驚嘆した。

「飛鷹」が断末魔の状態にあることは、もう、誰の目にも明らかだった。艦は、明らかに傾斜と沈下の度を速めていた。いまとび込めば、あのなかのほとんど全員は助かるだろう。しかし、「海行かば」のあの静かな、荘重な歌を歌い終わったときは、「飛鷹」はもっと悪い状態になり、あのなかの何人か、何十人かは、助からなくなるだろう。にもかかわらず、彼らは、彼らの艦のため、戦死した同僚のため、「海行かば」を歌い、その霊をなぐさめ、功をたたえようとしていた。

海行かば水漬くかばね
　山ゆかば草むすかばね
　　大君の辺にこそ死なめ
　　　かえりみはせじ

「これが日本人だ」

西川は、感動を声に出した。

「え？」

というような、言葉にならぬ言葉で、水雷長は、艦長の聞きとれなかった言葉をいぶかった。

もう水面すれすれになっている前甲板から、小さな、たくさんの水煙を上げて、兵たちがとび込みはじめた。「飛鷹」からの筏が艦近くまで来ていた。「野分」のカッターと内火艇が、忙しく活動を開始した。

西川が、大声で命じた。

「後甲板に事業灯出せ。下を向けて、舷側と水面を照らせ」

水雷長がびっくりした。

「事業灯ですか」

「そうだ。事業灯だ」

水雷長は、とっさに西川艦長の心をつかんだ。東松船団のときも、そうだった。西川艦長は、自分を危険に陥れても、人を救う人だ。

「出します、艦長。私は後部にいって指揮します。操艦お願いします」

「よし、わかった」

艦橋を駆け降りていく水雷長の足音を耳に挟みながら、かれは、渡辺上曹にいった。

「潜水艦を見張れ。ここが『野分』の正念場だ」

「潜水艦を見張れ」

渡辺上曹の、自信に満ちた復唱だった。

――傾きはじめると、「飛鷹」の最期は速かった。

右舷に大きく傾きながら、艦尾の方を水面下に没すると、二万五〇〇〇トンの巨体は、艦首を持ち上げ、ちょうど出雲丸が生まれたとき、あの進水式のときのような速さで、荘厳さで、夜の底知れぬ太平洋に、戦死者の遺体を抱いたままスルスルと、ウソのようにスルスルと、船体を沈めていった。

そのとき、不意に、西川は、飛行甲板の前端に、人影がただ一つあるのに気づいた。タバコをくゆらしていた。

「艦長だ」

思わず、声を放った。同時に、全身に血が逆流するのを感じた。「飛鷹」艦長が、いま、艦と運命をともにし、死をもって責任を果たそうとしている姿であった。それは、艦長が沈みゆく艦と運命をともにすることの是非を、机の上で論じているのではない。現実に、いま、あと数秒足らずで迫ってくる死を、タバコをくゆらしながら迎えようとする壮烈な意志が、動かすことのできない事実として、そこにあるのであった。

感動が、西川の身体を縛りつけた。

艦首の菊の御紋章が、日本の軍艦としての誇りを最後まで水上にとどめていたが、それもやがて消え、ついさきほどまで小山のような黒い姿を浮かべていた「飛鷹」は、艦長とともども沈み去ってまったく跡かたもなくなった。

第十三章　むなし「イ」号、「ワ」号作戦

小沢艦隊を追って、敵機動部隊が、迫っていた。距離、小沢艦隊の東二四〇ないし二八〇浬。

小沢長官は、空と海からの反撃を企図し、第二艦隊の「大和」「武蔵」をはじめとする砲戦部隊と重巡以下駆逐艦にいたる魚雷戦部隊を一丸として、雷撃機隊の薄暮攻撃に策応、夜襲をかけようとし、午後五時、これを発令した。発令後、二五分して、薄暮攻撃に出る雷装の天山艦攻七機が、索敵機とともに出発した。雷撃隊といっても、出発したのはわずかに七機であった。

一方、栗田健男中将の率いる遊撃部隊——第二艦隊に十戦隊と重巡「最上」を加えた水上部隊——は、時を移さず準備にかかった。その五時三十分、つまり雷撃機がとび出して五分後、前に述べた「飛鷹」を沈没にいたらせた敵空母機の空襲がはじまった。

約一時間にわたって死闘の結果、米空母機は二〇機（実際の数）が撃墜され、空襲を終わって米空母に着艦するまでに八〇機を失い、恐らく米艦隊として、米空母機を最も多く失った海戦の一つになったが、同時に小沢艦隊も「飛鷹」沈没（潜水艦の攻撃によって沈んだ「大鳳」「翔鶴」と合わせて三隻）、「瑞鶴」「隼鷹」「千代田」が損傷を受け、これから夜襲に出発しようとしていた栗田部隊のうち、高速戦艦「榛名」、重巡「摩耶」が損傷し、タンカーの玄洋丸、清洋丸が沈没。なけなしの補給部隊タンカー五隻のうち二隻が、さらに失われたことになった。

しかし、小沢長官は、敵機がまだ引き揚げる前から、次の作戦指導に入った。

栗田部隊がこれから夜襲をかけようとしている敵機動部隊を、明朝（二十一日）、本隊（空母部隊）が全力をあげて攻撃する意図を明らかにした。

午後六時二十五分であった。

五分後の六時三十分には、栗田長官は、麾下部隊に、

「集マレ」

と令しつつ、彼の将旗を後檣に揚げた重巡「愛宕」を先頭に、敵に向かい、速力二〇ノットで進撃を開始した。従うもの、重巡「高雄」「鳥海」「妙高」「羽黒」「熊野」「鈴谷」「利根」「筑摩」、戦艦「大和」「武蔵」「金剛」、その他軽巡、駆逐艦など。日本海軍の全水上艦艇とはいえないまでも、夜戦では、敵機動部隊を蹴散らすに足る強力な水上部隊。つい今の

いままで、約一五〇機の敵機と戦い、死力をつくして渡り合い、戦友の血に染まりながら、敵機を撃ち墜とした、その返す刀での反撃である。むろんこの夜襲が、容易ならぬイクサになることは百も承知だったが、マリアナを絶対に敵の手に渡すことができない以上、体当り覚悟の突撃も、また武人の本懐とすべきであった。

六時半、夜戦部隊が進撃を開始するとき、カタパルトから水偵が射出された。敵機動部隊をとらえ、夜戦部隊のガイドとするためであった。

時間が、貴重であった。

二〇ノットで一時間走れば、敵との距離は二〇浬近くなる。敵もまた二〇ノットで追い迫ってくれれば、敵味方の距離は、四〇浬短くなる。味方機の報告による敵機動部隊との距離は、午後四時、約二四〇浬であった。敵の動きによっては、夜半に、これを射程距離内にとらえ得るかもしれぬ。そのためには、なんとしてでも、飛行機で敵をつかまえておく必要があった。

八時に近くなった。

触接機からは、敵発見の報が来なかった。

夜間索敵だから敵発見がむずかしいことはわかっているが、それにしても敵機動部隊が見つからないのは、どうしたわけか――。

折も折、連合艦隊長官から、

「機動部隊ハ当面ノ戦況ニ応ジ機宜敵ヨリ離脱、指揮官所定ニ依リ行動セヨ」

と命じてきた。追っかけて、連合艦隊参謀長から、

「追撃戦ハ一応延期、戦況ニ応ジ再興ノ予定……」

と説明してくる。

小沢長官は、栗田長官に対し、涙を呑んで、

「夜戦ノ見込ナケレバ速ニ北西方ニ退避セヨ」

と命じた。

さきに出した雷撃機は、敵部隊を発見できずに引き返してきた。それも、七機行ったはずが四機しか帰って来ず、その四機も、「瑞鶴」を発見できずに駆逐艦のそばに不時着水した。搭乗員は救い出されたが機体はもちろん海没。飛行機は数えるかぎり全滅であった。

一方、空母部隊から報告されてきた可動機の状況も、目を疑いたくなるほど惨憺たるものがあった（第一機動艦隊戦闘詳報による）。

一航戦　七機

二航戦　一七機

三航戦　一一機

計三五機――「あ」号作戦開始直前、四三九機を数えた第一機動艦隊空母搭載機のうち、四〇四機が失われていた。九二パーセントを失って、機動部隊の戦力は、ほとんどゼロに近

くなっていた。

これでは、夜戦部隊は支援できない。もし、このまま夜戦部隊が敵に突っかけていれば、マレー沖のイギリス戦艦と同じ運命になるのは必定である。

小沢長官の命令を受けた栗田長官は、触接機からの報告を待ったが、ついに敵見ゆの報告が得られず、かれもまた、恨みを呑んで、夜戦を断念しなければならなくなった。

「敵情不明ニシテ夜戦ノ望ナキニツキ北西方ニ進出ス」

かれは、午後九時五分全軍を反転させ、戦場をあとに北西に向かって急いだ。

――「あ」号作戦もまた成らず、であった。

――悔いばかりが残った。

全力を傾けつくしたことでは、いささかの悔いもないだけに、余計に悔いが残るのであった。勝利への確信を持っていただけに、それだけ余計に、自責の念に身をもむのであった。

どんな落ち度がわれわれにあったのだろう。

「あ」号作戦の作戦計画が悪かったのか。

情況判断が、いけなかったか。

松輸送は……。

基地機動航空部隊は……。

ほとんど実効をあげることができず、一八隻もの喪失を出した潜水艦の用法は……。

二艦隊を前衛に置いて、夜戦を狙ったことは……。

タウィタウィの一ヵ月間のカン詰め停泊は、それ以上どうにもならなかったのか。

そして最後に、アウトレーンジ戦法は、果たしてこの時機、たった一つしかない勝利の道であったのか。あの巧妙にして、同時に困難であった戦法のかげに死んでいった多数の若年搭乗員たちは、果たして日本を守るための、どんな貴重な礎石になり得たのであろうか。

「これからどうなるのでしょう」

風と波の音だけしか聞こえぬ、真っ暗な艦橋での砲術長のたまりかねたような一言は、それぞれ暗さのなかで、なかば虚脱したように、またなかばは、いや、脳裏を駆けめぐる驚くほど明瞭な、いまにいたるまでの戦闘場面の一コマ一コマを、つい五分前、一〇分前のようにヴィヴィッドに反芻《はんすう》して、苦しさを胸いっぱいにしていた士官たちを、ギクリとさせるのに十分であった。

西川艦長は、じっと前方を凝視しながら、唇を固く嚙みながら、もし昼間だったら、かれの下唇が、血の気を失い、白くなっていることにすぐ気づくだろうほどに強く嚙みながら、一言も答えなかった。

しばらく、重苦しい沈黙が流れた。

ボソリと、水雷長が、低くいった。

「フィリピン、台湾、沖縄、本土進攻の最大の基地を与える。B‐29のような大型爆撃機の基地ができ、本土は完全に敵の空襲圏内に入る」

「日本は勝てるでしょうか」

「ううむ――」

水雷長が、言葉に詰まった。勝つとは考えていなかった。しかし、負けるとも考えていなかった。勝ち負けを考えていて、戦えるものではなかった。ただ全力をつくす、それが水雷長の信条だった。

「勝てないだろう」

西川艦長が、前を向いたまま、静かに口を挟んだ。あまり静かな調子であったので、ふだん艦長の声を聞き覚えていなければ、誰もそれが艦長の言葉とはわからなかったろう。

「あ号作戦は、これで終わりになるのですか」

「そんなことはない」

水雷長がはじかれたように否定した。

「マリアナは絶対国防圏内にある。失うわけにはいかん。反撃するんだ。取り返すんだ」

西川は乾いた声で砲術長にいった。

「そうだ。ガダルカナルやソロモン諸島とは違う。陸海軍のほかに、五万の日本国民がいる」

西川は、死を覚悟していた。

勝てない戦争——もはや戦うべきでない戦いを戦う以上、戦わなければならない以上、日本を信ずることで戦うほか、彼のよりどころはなかった。

——そのころ、西川たちの知ることができないところで、重要な決定がなされていた。

六月十五日 サイパンに敵が上陸した日、大本営では、即座に反撃の検討を開始した。

十六日 それについて、東條首相が上奏した。

十七日 サイパンに兵力を輸送するため、イ号作戦が計画され、第五艦隊（重巡「那智」「足柄」。軽巡「多摩」「木曾」「阿武隈」、駆逐艦五隻）に駆逐艦三隻、タンカー一隻をつけ、横須賀に至急集めて、マリアナ輸送作戦準備にかかるよう電令された。

十八日 使用兵力が検討された。

十九日 計画が次第に具体化した。つまり、「イ」号作戦として、五艦隊がサイパンに殴り込む。三日たって、陸軍の資材を送り込む。一方で「ワ」号作戦として陸軍は二個師団と一会戦分の兵力を用意し、七月上旬に総攻撃を行なうための研究が開始された。

東條首相は、サイパン部隊を急速に立ち直らせるため、二十五日出港の予定で歩兵一個連隊、速射砲五個大隊、迫撃砲一個大隊と戦闘資材を急送する旨を上奏した。

二十日～二十一日 サイパン反撃作戦が検討された。

甲案

飛行機三〇〇機を一挙に注ぎこんで、七月七日マリアナ方面の制空権を一時確保し、七月八日、五艦隊、高速輸送艦部隊、空母部隊、陸軍（輸送船団・一個師団）、二艦隊がマリアナに近迫。五艦隊は、同日、サイパンなどに入港、翌日輸送船団を入港させる。

乙案

マリアナを極力持久する（緊急輸送、艦隊殴り込みによる奪回作戦を行なわない）。陸海軍の対米作戦態勢を強化する（後方前線の確保、航空戦力の再建、潜水艦戦の強化を急ぐ）。

そうしているうちに、小沢艦隊によるアウトレーンジ作戦前後の戦果が、次第に明瞭になった。敗北に終わっただけでなく、敵機動部隊の追撃を受けていることがわかった。

サイパン島内の戦線は、中部で激烈な陸上戦闘が戦われていた。守備部隊の急速な支援が、絶対に必要だった。サイパンの戦局を上奏したとき、陛下からサイパン奪回作戦について二回繰り返してのご下問があった。こんなことは、初めてであった。陛下のお心に立ち入ることはできないが、どんなことがあっても、サイパンは奪回せねばならぬと決心されているようであった。サイパン奪回作戦についての再度のご下問という形で、それが現わされていた。

しかし、時間がたち、実情が眼前に展開されるにつれて、指導者たちも事の重大さと深刻さに、いまさらのように心がすくむ思いがした。

たとえ一時的に敵空母を叩いたとしても、それで全航空戦力を消尽したら、あとは一気に敵に寄り切られるだけではないか。マリアナ周辺の空母部隊をタタキのめすことができ、かつサイパンに入っている敵を払い落とすことができる兵力を、現状で、果たして戦場に送り込むことができるのか——。

二十二日　陸海軍合同会議で、陸軍が否定的な意見に傾いた。陸軍は、現実に立脚する。揚搭、攻撃準備の間に、制空権をとらなければならないが、その一週間から一〇日の間、サイパンの空がほんとに押さえられるのか。敵は、いまは二個師団いる。しかし、すぐにも一個師団を増強してくるだろう。三個師団を追い落とすことのできる兵力を、いまの逼迫した船腹事情、燃料事情で、いったい、どのようにして送るのか。

本作戦を成功させることができるとしても、そのときには、海陸の戦力はスリつぶされてしまうだろう。敵は、十分の余力を持っている。いったんは追い落とされても、また攻略することができる。他の方面にも来攻できる。味方は、もうまったく手の打ちようがなくなってしまうが、それでいいのか。

二十三日　さらに検討が続けられた。その場に連合艦隊司令部の考えが伝えられてきた。連合艦隊司令長官は、作戦に成算なく、全般の作戦を指導する面からも、積極的な企図を持ち得ないといった。兵力がない。制海権も制空権も敵が握っている。とくに航空部隊は、後詰めの有力部隊がまったくない。「あ」号作戦には、あるもの、持っているものを、一つ残らず注ぎこんだ。

重要なことは、敗北の結果、味方の戦力がゼロになった点にある。ゲリラ戦は戦えても、正面から堂々と勝負を争うことのできる兵力が、皆無になったことである——。

二十四日　陸軍参謀総長、海軍軍令部総長が、作戦部として検討の結果、乙案——つまり、奪回作戦を行なわず、現地は守備部隊の善戦によって極力持久を計ること——に決めたい旨を上奏した。

陛下は、これも初めてのことであったが、これを承認されず、元帥会議を召集された。

二十五日　午前十時から宮中で開かれた元帥会議に、陛下は直接、この作戦部の決定を承認すべきかどうかを諮問された。陛下のやむにやまれぬお気持ちが、そうさせた。

元帥府としての意見が、杉山、永野両元帥から奏上された。

『曩《さき》ニ参謀総長、軍令部総長ノタテマツリタル中部太平洋ヲ中心トスル爾後ノ作戦指導ニ関スル件ハ適当ナリト認ム而シテ今次方策ノ実行ハ事迅速ヲ要シ又陸海軍ノ航空戦力ノ統一運用ニ努ムルコト緊要ナリ

右謹テ上奏ス』

——陛下の悲願は、達成されなかった。

小沢艦隊は、いま、ひたすら沖縄本島の中城湾に向かって、急いでいた。水雷長が、自分にいい聞かせるようにいった。

「小沢長官で負けたのだから、しかたがない」

小沢長官こそ、日本海軍のホープであった。豪壮で智謀一世を風靡する勇武の将、全海軍の信望を一身に集めていた。

西川艦長の声が聞こえた。

「われわれからは、しかたがない、といえるかもしれん。軍人は一死報国で、戦死すれば、それで終わりになる。しかし、国民は生きつづけている。われわれの死んだあと、あとのことは、全部、国民がかぶる。だれも、それに注意していない。サイパンの軍人でない日本国民は、どうなるのだ――」

二十二日の朝が来た。

左前方に、遠く、沖縄本島が、朝もやのなかに浮かんで見えた。

――それは夢のように、美しかった。

単行本　昭和六十年一月　朝日ソノラマ刊

あとがき

「あ」号作戦は、太平洋戦争のなかで、日本海軍が戦力になるものはすべてをつぎ込んで戦い、敗れた最後の艦隊決戦である。それだけに、また、この作戦が、日本海軍が三〇年来練り上げてきた邀撃作戦の現代版であっただけに、作戦計画の規模は壮大で、つぎ込んだ戦力もまた強大、作戦部隊も、まるで庭先で戦うように地理に明るく、米艦隊撃滅の自信を十分に持って戦いにのぞんだ。あのような惨敗に終わろうとは、だれ一人、予想もしていなかった。

客観的にいえば、これくらい大規模で、複雑で、同時にドラマチックな戦いは他になかった。いい換えれば、このくらい判断に迷い、混雑していて、因果関係がハッキリせず、とらえにくい作戦もなかった。「あ」号作戦が、日本の命運を決した重要な最後の艦隊決戦であったにもかかわらず、今日まで、その全貌を伝えたものの少ない理由でもあろう。

ところが、その全貌を伝えた好資料が、過日、防衛庁戦史室から、六〇〇ページを超す公刊戦史として刊行された。

さすがに一〇年来、あらゆる資料を集め、慎重に検討を加えられた内容の重味が読みとれた。読んでいるうちに、私の持っている「あ」号作戦の問題点を、この資料によって肉づけし、再検討してみたい衝動に駆られた。

私は、太平洋戦争に限らず、たたかいの歴史を、今日の問題として考えつづけてきた。戦いのあとそのものは、すでに過去のものである。誰が勇敢であったか、何をしたか、誰が智略に秀でていたか、などについては、私にとって、重要でない。全力をつくして日本人が戦う間に、人間として迷い、判定に苦しみ、誤りを犯し、または誤りを犯さず、そのために勝利とか敗北とかにいたる、その判断と過程が重要である。そのなかから、今日、明日、私たちの糧になるものを発見し、これを役立てたい。それが、私の仕事の主眼であり、願いであり、また評価のモノサシでもある。

作戦の内容を極力整理するために、私は駆逐艦「野分」を借りて、説明の手段とした。艦としての行動は、だいたい実在した駆逐艦「野分」をなぞったが、「飛鷹」沈没の場面では、「野分」の名のまま、駆逐艦「秋霜」を借りた。登場人物には、それぞれ別にモデルがあるが、いちいち名をあげるのは省略させていただきたい。

吉田俊雄

昭和四十三年九月

NF文庫

マリアナ沖海戦

二〇一六年十二月 十七日 印刷
二〇一六年十二月二十三日 発行
著 者 吉田俊雄
発行者 高城直一
発行所 株式会社 潮書房光人社
〒102-0073 東京都千代田区九段北一-九-十一
振替/〇〇一七〇-六-五四六九三
電話/〇三-三二六五-一八六四㈹
印刷所 モリモト印刷株式会社
製本所 東 京 美 術 紙 工
定価はカバーに表示してあります
乱丁・落丁のものはお取りかえ
致します。本文は中性紙を使用
ISBN978-4-7698-2981-2 C0195
http://www.kojinsha.co.jp

NF文庫

刊行のことば

第二次世界大戦の戦火が熄《や》んで五〇年――その間、小社は夥しい数の戦争の記録を渉猟し、発掘し、常に公正なる立場を貫いて書誌とし、大方の絶讃を博して今日に及ぶが、その源は、散華された世代への熱き思い入れであり、同時に、その記録を誌して平和の礎とし、後世に伝えんとするにある。

小社の出版物は、戦記、伝記、文学、エッセイ、写真集、その他、すでに一、〇〇〇点を越え、加えて戦後五〇年になんなんとするを契機として、「光人社NF（ノンフィクション）文庫」を創刊して、読者諸賢の熱烈要望におこたえする次第である。人生のバイブルとして、心弱きときの活性の糧《かて》として、散華の世代からの感動の肉声に、あなたもぜひ、耳を傾けて下さい。